大山来的小岛主

王轲玮 著

浙江文艺出版社

图书在版编目(CIP)数据

大山来的小岛主 / 王轲玮著. —杭州 : 浙江文艺出版社, 2024.4

ISBN 978-7-5339-7508-1

Ⅰ. ①大… Ⅱ. ①王… Ⅲ. ①长篇小说—中国—当代 Ⅳ. ①I247.5

中国国家版本馆CIP数据核字（2024）第047683号

图书策划 柳明晔 许龙桃
责任编辑 张 可 林聚佳
营销编辑 宋佳音
封面插画 花涂远山
装帧设计 吕翡翠
责任印制 张丽敏

大山来的小岛主
王轲玮 著

出版 浙江文艺出版社
地址 杭州市体育场路347号
邮编 310006
电话 0571-85176953(总编办)
0571-85152727(市场部)
制版 浙江新华图文制作有限公司
印刷 浙江全能工艺美术印刷有限公司
开本 880毫米×1230毫米 1/32
字数 172千字
印张 8.625
插页 3
版次 2024年4月第1版
印次 2024年4月第1次印刷
书号 ISBN 978-7-5339-7508-1
定价 39.80元

阿衣莫没有停留，提桶就走。留下一座湿漉漉的“水帘洞”，水珠淅沥沥还在淌。

为了让太阳的色泽尽量显得自然，小鱼老师周而复始操作了十几遍。

兰屿岛其实是兰岛岛的意思。村民喊惯了“兰屿岛”，所以这个名字保留了下来。

海风呼呼响，她们背贴着背。

目录

楔子

亲爱的阿衣莫：

见字如面。

我太佩服你了，你竟然能想到用写信的方式联系我。我觉得很不错，不但不违背我的誓言，而且我觉得信更容易保留下来。

分别已经足足两年了，过去的种种时常在我脑海里浮现，我已经通过了大学英语四级考试。

你还好吗？岛主女士。

这里下雪了，雪花和南方的不一样，看起来很硬。不过不用担心温度太冷，这里有暖气，室内和春天一样，可以种花，可以光着脚丫子看书。推开门走十分钟，就能看到海。现在看海的人不多，沙滩上很多空位……哈哈哈，你是不是很羡慕我？

清晨的海、正午的海、夕阳下的海、深夜低吟的海，每时每刻它的样子都不一样。

你寄给我的书收到了。书名很好，《法律常识一本全》，但是对我没啥用。上面的内容我都会了，你可以多看看。下次多关注我的朋友圈，这样可以了解我的动态，弥补你过往的不认真。

你送给我的布袋收到了。样式嘛，我不是很喜欢，你可以再多寄一点过来。各种图案、各种款式、各种颜色都来点，相信总会让我满意的。只不过这个我就不还你了。

好了，写字挺累的。

希望你早点造好你的岛。早点请我去“享福”。别让我对你失望！

还有下次寄信地址不要光写学校了。大学太大了，要寄丢的，我给你一个快递代收点的地址，别忘了。

你亲爱的“敌人” 袁馨秋

2023年秋于紫藤林

信件寄出后一个多月，袁馨秋才收到回信。

回信是一个快递包裹，没有装在信封里。拆开包装，里面装着一个蓝色帆布袋，上面工整地绣着一只卡通猪，小猪身上堆满了厚重的书。

袋子里夹着一张明信片。上面留着阿衣莫微微倾斜的笔迹。

袁馨秋：

你说话怎么文绉绉的，一点儿也不潇洒，一点儿也不像你。你好好背书！送你一只猪，希望你能早点超越它的智慧。听别人说你高等数学考试没及格。太令人高兴了，好好加油，还有继续下降的空间。

我等着你的坏消息……

岛主 阿衣莫

于“随便哪里只要能气死你就好”的地方

袁馨秋轻轻摇头，脸上露出久违的笑容。桌面上摆着厚厚的法学教科书，茶杯旁边放着手机支架，正在播放关于研究生考试的微课视频。她退出视频界面，依次打开微信、QQ、电话通讯录，很想直接给阿衣莫打电话。纠结再三后，她打消了念头。

她想起自己斩钉截铁的誓言。

“我一定会成为一名律师，实现我的梦想。要是做不到，我这一辈子都不跟你见面，不再说一句话!”这是她对阿衣莫说过的狠话。

写信不是说话，所以给阿衣莫写信不算违背誓言。

已经很久没和她见面了，那就再写一封长的吧。

第一章
住进大海

亲爱的阿衣莫：

我现在的脾气比以前更好了，所以大人不计你小人过。不管你说什么，都不会激怒我。是的，我考试是没及格，但是好消息是补考通过了。

对了，我还加入了我们学校的19160青少年权益援助中心，成了一名光荣的志愿者，开始运用自己学的法律知识给别人提供建议了。这里还有专业的律师，可以随时请教他们问题。这种感觉很棒，令人心安。

你最近过得怎么样，有没有令我开心的“坏消息”分享？

你的猪让我梦到我们第一次相见的场景。你通体发白，抖动着胖乎乎的肚子，哼哧哼哧走进校门。对了，那模样很像这只猪。不对，应该是这两者一模一样，是孪生兄弟。

我远远地看着你，不由得发出感慨，跨越千里来这里上学实在是太辛苦了。不如把你做成糖醋里脊、红烧猪蹄、辣椒炒肉，吃进肚子里，这样你就不用辛苦了。

奇了怪了，我给你写信的时候不知不觉总有很多话要讲，算了不说了。谁叫你惜字如金，信这么短呢，我也不能长。

那个阿衣莫，喂，还是认真地问问你，你真的都好吧？

认真点回答我的问题。我会用最快的快递寄过去。

真的有点怀念从前。奇了怪了……当时还觉得你应该是个淑女，唉，看错人了，你一点儿没有姑娘该有的样子！

善良可爱无辜被猪欺负的袁馨秋

小风车呼噜噜转，呼噜噜转，透过风车的缝隙，可以看到阳光折射出耀眼的金光，像万花筒，不规则地变换形状。阿衣莫坐在校车后排，牢牢握紧手里的风车。

这是郑老师带给阿衣莫的见面礼。

郑老师是阿衣莫接下来的班主任。她坐在副驾驶座，从学校的文体活动开始介绍，一直说到食堂最受欢迎的鱼香肉丝和香酥大鸡腿。阿衣莫的肚子咕噜噜叫了很久。

阿衣莫是今年第一个到宁波的凉山学生。临开学前她去了一趟广州，探望在那里打工的姐姐。车间里很忙，流水线上没有人能随便停下来。姐姐好不容易抽空陪她吃了两顿饭，其中一顿吃的还是方便面和自热小火锅。接着，姐姐给她买了火车票，她一个人从广州提前出发来到了宁波。其他同学要在四天后才从西昌启程。

“好了，前面就是学校。”郑老师说。

大理石装挂的校门呈波浪形，远远望去，“明州职业高级中学”的字样高高悬挂，处于浪尖，像极了乘风破浪的轮船。

夕阳垂暮，校园里的路灯亮起，远看仿佛升起了无数个小太阳。

学校领导在食堂门口热情迎接。阿衣莫身上好像钻进了许多小虫子，哪儿都在发痒，她不敢抬头直视面前的老师。

食堂提前准备了几个热菜。铿亮的餐盘里摆着水煮牛肉、辣子鸡、麻辣豆腐和白灼菜心。就是没有郑老师说过的那两个硬菜，鱼香肉丝和香酥大鸡腿。听说阿衣莫从凉山来，所以炒菜的大师傅把能放辣的菜都加了鲜红的辣椒。

四个老师陪着阿衣莫一起用餐，她咽了咽口水，埋头嚼了很久的青菜。

“等你们凉山的同学都到齐了，还要专门开一个欢迎仪式。”郑老师说。

“啊……不用这么麻烦。”阿衣莫脸颊泛红。从车上下来后旁边一直有老师陪同，她没有找到合适的机会上厕所。现在两条腿不停发颤，好几次放下筷子，可总有老师担心她没吃饱，给她夹菜。食堂里好像没有厕所的标志，她只能不停地深呼吸，转移注意力。

这顿饭吃了足足半小时，阿衣莫点了六十多次头，介绍了三遍自己的兴趣和爱好。

到达寝室的那一刻，她终于松了一口气。这几天这间屋子只有她一个人住。

临行前母亲给她缝了一个香囊，里面加了艾草。香囊表面是彝族风格的绣纹，红绿交织，是一朵荷花。妈妈的手艺远近闻名，阿衣莫跟着学了不少。她自作主张在荷花上面加了一把雨伞，这样更安全。

卫生间里放着颜色各异的脸盆，红黄蓝紫粉墨，一共六个。她小心翼翼关上门窗，算算时间，现在没有人会来打扰她。

清冷的自来水装满了脸盆。她把六个脸盆排列成一个圆环，找了一把木凳子，坐在正当中。水波微微晃荡，没有溢出的波纹。这和大海也差不多吧，前后左右都有水。

她绑起辫子，弯下腰，把脸浸进冰凉的水里。脸盆很深，先是眼睛，再是鼻嘴，最后一直到耳朵。溢出的水流过她的拖鞋边沿。耳边仿佛听到了大海的低吟，有浪花，有游人嬉戏，再静静听，她发现声音很有规律，是有人在敲门。她的腰立刻绷直，从地上站了起来，着急忙慌开始收拾六个水盆。

十六岁的姑娘还喜欢过家家，这件事情不能让其他人知道。

她想当岛主。

她想拥有一座岛屿，可以看到日出，沐浴阳光，偶尔见到鱼儿翻腾嬉闹。最好再能有一艘船，这样就能自由地远航。不过岛上不能有山，哪怕是一点山坡都不要有。比起连绵起伏的山石，她更喜欢陌生的一望无垠的世界。

咚咚咚，咚咚咚。

进来的是宿管阿姨。她细心地察看了床垫和热水器，嘱咐阿衣莫不能在宿舍使用大功率电器，手机充电要去一楼的电子阅读室。

阿衣莫叫阿姨说得慢一点，她从书包里拿出一张纸想记录清楚。

“用脑子记就可以。”阿姨摆摆手。

“我怕记不住。”阿衣莫是第一次住校。之前的学校没有学生宿舍楼，她每天要花两个小时在往返路程上。

“很简单，就是安全第一，其他就是校纪校规。”阿姨指了指她的床头，那里放着一本《学生手册》，里面写了具体的规则和生活指南。超市的开门时间、投币式洗衣机的使用说明、饭卡充值办法和学生手机管理规定都可以在里面查到。

“阿姨，那用水方面有没有规定？”阿衣莫的鞋面有点湿，地面上的水渍没来得及擦干。脸盆倒是一个个叠放得很整齐。

“哎呀，水龙头不要一直开着，不浪费水就好！”阿姨说。

阿衣莫谢过阿姨，小心翼翼关好门窗，等阿姨走远后，把湿漉漉的脸盆重新搬了出来，让它们重新站好位置。

这次只有一个脸盆里倒了水。

第二天，在郑老师的陪同下，阿衣莫来到高一旅游2班。她的座位在教室正中间。桌子椅子全是新的，崭新的木色和周围的陈旧显得格格不入。阿衣莫轻声做了自我介绍。她担心普通话不标准，别人听不懂，所以只说了自己的名字和家乡。台下的掌声热烈得出人意料。

其他同学已经开学十天了，还经历了暑期的军训。黑黝黝的肤色让大家彼此多了很多认同感。对于新同学，大家的态度都很客气。

阿衣莫努力保持微笑。昨天晚上睡觉前，她做了许多功课。她以为会有很多人问她问题，比如为什么来宁波读书，为什么选择旅游专业，凉山那边有哪些好玩的。

她在白纸上列了一段草稿：我来自美丽的大凉山，多亏了东西部协作政策，让我有机会来沿海地区求学，未来我想做一名优秀的导游，带更多人去我家乡游玩，让大凉山越来越美好。

歪歪扭扭的汉字她写了很久。六人间的宿舍里没有安排桌子，她是蹲在洗手台前完成的。

可惜没有人提问，这些都没有用上。

“来！阿衣莫你坐这里。”郑老师在教室中间选了一个座位，“袁馨秋，从你开始往后面挪一排。”

袁馨秋愣了愣，好像浑身力气都被抽掉了，慢慢站起来。往后面走出去几步后，她皱着眉头回过头说：“老师，我近视看不清黑板的。”

“咦，你初中学校移交过来的体检情况里视力是5.0、5.1呀?”

“我……这个暑假玩手机玩多了。”袁馨秋愣了愣，这是她随便找的借口。没想到郑老师竟然能记得自己的体检情况。眼前这个个子娇小、喜欢穿长裙和旗袍的女老师让袁馨秋觉得有些深不可测。

“那你先试试后面一排的座位。如果实在看不清，我们再调整。”郑老师说。

袁馨秋还想再说些什么，可看到阿衣莫已经开始帮忙搬桌子了，她赶紧闭上了嘴。

课间的时候，阿衣莫把发到手的新书反反复复整理了三遍。第一遍把语数外的主课书挑了出来，把其他科目的书放在最底下。刚收拾好，想起郑老师说过的，职高生活同初中不同，文化课很重要，专业课同等重要。又看了看黑板右侧写的课表，第一节语文课，后面连续三节是旅游文化课程。

第二遍的时候，她按照书本大小排序，小的在上面，大的在下面。旁边有同学在埋怨上课无趣，有人讨论学生社团招新什么时候开始，听说还有新生专场音乐会。阿衣莫有些出神，一不小心松了手，书掉了一地。周围很多同学注意到，连忙弯下身帮她一起捡。

“谢谢，谢谢。”

第三遍的时候，阿衣莫低着头，抽出今天要用的书，其他的一股脑塞进了课桌洞。

学校给每个凉山孩子安排了一个学伴，一对一帮助他们尽快融入新环境。阿衣莫的学伴叫夏雪儿，是班里的卫生委员。她主管教室内外和包干区的劳动卫生，早中晚都要去查看卫生情况。学生会卫生部的抽查很严格，一不小心，班级里就会接到雪片一样的扣分单。不过她还是每天中午抽出时间陪阿衣莫一起去食堂和小卖部。

“食堂三楼的风味小吃那里排队的人最少，小卖部最靠里的那条通道结账最快。”才几天夏雪儿已经把这些情况摸透了。

“我不着急。”

“那你大错特错，晚了后面就没菜了。”

夏雪儿的外表和名字反差很大。没有雪花的优雅，粗壮的胳膊里蕴藏了无尽的力量。她拉着阿衣莫的手，推开熙熙攘攘的人流。阿衣莫握紧她的手，身上充满了力量，一路小跑，大气都不用喘。

食堂的长桌能坐十六人，短桌有四个位置。阿衣莫捧着菜，本能地想去角落的短桌，没想到被夏雪儿带到了食堂中央的长桌。她的脚趾使劲抓挠鞋底。

“吃完饭能一起做值日吗？今天风大，包干区全是叶子。”吃完饭夏雪儿问。

“好。”阿衣莫没有犹豫。

拿着扫把，阿衣莫找到了一种久违的熟悉感。

透过地砖上的灰尘、纸屑、草籽和落叶，仿佛能看到家乡后山上的荞麦、花椒和马铃薯。每天早晨生火烧水，拿一壶热茶匆忙上学，山里的雾气夹杂一股清淡的土腥味，让人不由自主地想打喷嚏。阿衣莫的脑袋里乱糟糟的，不停回放这些画面。

“你们那边是不是有一个火把节。我前阵子看新闻里报道过。”夏雪儿很认真，直到快清扫完才开始聊天。

“有斗牛、斗羊、斗鸡、赛马、摔跤，还有歌舞表演，很热闹！”

阿衣莫还想再说下去，被夏雪儿打断。

“把窨井盖缝隙里的碎叶子扫出来吧，不然卫生部过来扣分，我没法向郑老师交代。”

抬头望望初秋的太阳，热烈的光线很像火把节上团团簇簇的篝火。男女老幼会围着篝火跳舞，广场上会燃放烟花。

布拖县的斗牛会在草坝上进行，近百头大牛齐聚一堂，全力比拼。

普格县的赛马需要提前去占座观赏。男孩们飞身上马，扬鞭催马，溅起的尘土令人热血沸腾。

还有摔跤和美食街，这两样她不怎么感兴趣，以前没去凑过热闹。

阿衣莫试着在肚子里打草稿，这样一会儿向夏雪儿介绍时就能更加流利一些。

第二章

初来乍到

袁馨秋呀袁馨秋：

睁眼说瞎话你是第一名，没人敢跟你争。

你脾气好？哦，确实是好，我记得第一个和我吵架的就是你。要是没人拦着，估计你还能对我使出降龙十八掌和九阴白骨爪。

我本来骨子里就像个男孩子，这样不好吗？谁说大大咧咧、敢爱敢恨、天不怕地不怕就是男生的专利！我也一样可以。

我现在压力也挺大的，和你差不多，都在追逐自己的目标。大学和高中的感觉确实不一样了。最近要参加一个全国民间手工艺精品展览，我在忙着设计新图案，如果你有点子可以告诉我。谢谢你。

嗯，你看我的措辞，明显我才是好脾气，多有礼貌。

好了，我再提醒你一遍，你给我赶紧想！草图寄给我！快点！

你家里怎么样了？我这边期末考试结束了，学校快放假了。我想去拜访一下叔叔阿姨。不知可否？

不想跟你瞎客气的人

麻烦的事情出现在第二天。

学生会给各班发放了新一年度的学生社团报名表。报名表的正面需要填写个人信息，背面列着学校三十六个社团的名单。

学生会里一位高二学长特地走进教室，找到了阿衣莫，传达了团委老师的意思。

“阿衣莫同学……不介意我这么叫你吧。”

“当然可以。”她觉得这样听起来还挺亲切的。

“团委老师说了，今年对于凉山同学有特殊规定，你可以自由选择一个感兴趣的社团加入，不用参加笔试和面试。”

他的声音很浑厚，周围很多人都听到了。这可是从未有过的特例。三十多个社团里最受欢迎的是主持人社、街舞社、动漫社、摄影社、滑板社。平常要过五关斩六将才能加入，现在阿衣莫可以任意挑选。

“今年的政策改了？那街舞社需要笔试吗？”有同学插话。

“没变。只是凉山的同学可以免笔试、面试。其他同学报名社团还是要进行选拔。”这位学长解释。

坐在阿衣莫背后的袁馨秋终于忍不住了，用力地拍着桌子。

“凭什么好东西都是她的！”袁馨秋站起来的时候下意识在踮脚，这么看她的个子比阿衣莫高出不少。

阿衣莫不由自主往后退了一步。那个学生会高二学长也被吓了一跳，支支吾吾没说出一个完整的句子，只是强调这是老师们的决定，所有凉山学生都是一样的。

“值日表迁就她！排座位迁就她！社团还能随便挑，凭什么她能搞特殊？”袁馨秋说话的时候唾沫星子喷在阿衣莫脸上。她很难受，但没敢擦。

旅游2班一共四十二个学生，男生只有六个，其他全是女生。看到这个架势，大家纷纷围上来。

班长林波冲过来安抚，说了很多好话，这些事情不是阿衣莫主动要求的，把怨气发泄在她身上没有意义。可袁馨秋没有给他一点儿面子，冷冷地盯着他，停顿五秒钟，毫无征兆地用拳头再次敲打桌面。

林波吓得后退了一步。再次说话的时候，袁馨秋仿佛把他当成空气，不再看他。

“我就问你，凭什么——”

没等她继续发作，夏雪儿一把将桌子挪开了。

“吓唬谁呢，拍拍拍，你铁砂掌是不是！”她走到袁馨秋跟前，想把她拉到教室外面，“你要有本事就去走廊，拍个大理石，不行我去找块砖头，你试试胸口碎大石。”

“你干什么？松手，快松手！”

袁馨秋一把挣脱，指责夏雪儿粗鲁，旁边她的好朋友在轻声帮腔。上课铃声恰到好处地响起，给这场纷争浇上了一盆凉水。

阿衣莫后背全是汗，课上愣愣地坐着，一个字都没听进脑子里。

过了足足两节课，活动课的时候，教室里人都散尽了，班长林波才拿出男子汉气概来到阿衣莫面前。

“阿衣莫，今天的事情你不要放在心上。同学之间还是要互相谦让。”

“我……这个我明白。”

“我们新的班集体刚成立不久，大家慢慢磨合嘛。”林波希望阿衣莫不要把这件事情告诉郑老师。他被选为班长才四天，怕老师觉得自己能力不行。

“郑老师说所有班干部都要经过一个月的试用期考察。所以阿衣莫，你得帮我！”

“我不说就可以了吧？”

“你还得叫夏雪儿不说。她比较喜欢帮别人出头。”

阿衣莫轻轻应了一声，她的意思是自己知道了，但是她无权决定夏雪儿的行动，不过这在林波看来是承诺。

每天第八节课是学校里最热闹的时候。明州职高规定第八节课要开展活动型课程，周一、周三、周五是社团活动，周二和周四是体育活动课。站在教室里望着篮球场上奔跑欢呼的人群，阿衣莫心情复杂。

教室里没下楼活动的同学不多，讲台边三个男生在下棋，后排水房里四五个女生在小声说着秘密。她四处看看，很快回到了座位上，翻开一本服务礼仪教材。班级的书架顶端放着一幅黑色的版画，上面刻着一只准备下山的猛虎，尾巴上竖，皮毛根根清晰。

阿衣莫很希望自己能像老虎一样洒脱凶猛，班级就像一片森林，脱掉校服，大家都披着五颜六色的皮毛。水房的水龙头好比小溪，整齐的课桌椅就像大树和灌木。她身处森林中央试图怒喊或者高歌，告诉别人自己是这里的主人。

老师提问时、班长主持班会课时、专业课实训演练时，她好几次想站起来。可犹豫到最后突然意识到，羊永远成不了虎。

夏雪儿是走读生。晚上不用上夜自习，也不在学校里吃饭。阿衣莫只能在放学那会儿空窗期找她说话。

“班长说今天的事情，我们都不要告诉郑老师。”

“别听他的！”

“他担心……”

“他担心就对了。成天担心得罪这个，得罪那个。这么害怕得罪人为什么要出来竞选班长呢。听说他还想进学生会呢，你别理他！”夏雪儿说，“不过那件事情跟老师说也没意义，打小报告不是我的作风。”

阿衣莫不知道该说什么。她想起夏雪儿关心过火把节。这方面她知道不少，去年见过一个中年游客，他的朋友往他身上加了许多松香粉，结果加多了，全身上下出现几十个水泡。

“往火堆里撒松香粉是我们的习俗。这样火把的火焰会更绚丽，而且可以闻到一股香气。”阿衣莫一边说一边盯着夏雪儿的眼睛，希望能看到她充满兴趣的表情，“这是我们那里表达美好祝愿的一种方式。”

“哦。有点危险！”夏雪儿喝了一口水，没有再提火把节，“以后你就跟紧我。袁馨秋那帮人初中时就有名气了。吵架水平一流，抱团排挤人，她可是一把好手。”

夏雪儿告诉阿衣莫，这是职高，她得换一种思路。

“这里都是坏学生？”

“你坏吗？”夏雪儿听到阿衣莫的这个问题感到不太高兴，“我觉得你不能用好坏评价！有些人是自控力差，有些人是语文数学不行，简单来说就是书不会念，当然也有个别人品行我是看不上的。”

“你是主动来职高的吗？为什么不去普高？”阿衣莫问。

“你问我为什么？”夏雪儿无奈摇了摇头，“差了几分。我数学最后一道大题看错了条件，从头错到了尾。”

明州职高是一所国家级重点职业高中，拿过几十块全国职业院校技能大赛的金牌，教学质量和口碑都还可以。

就在这时，郑老师出人意料地出现在教室后门。

她的脸上没有一丝笑容。手里的教科书卷成棍状，用力地敲敲后门门框。一时间教室里乱作一团。抄作业的慌忙掩盖桌子上的作业本，偷玩手机的恨不得钻进课桌洞里，但是手机亮光让他们彻底暴露。

郑老师等所有人都安静下来后，熟练地穿梭在课桌之间，把藏在书包底的手机、盖在教科书下的作业本，还有放在立式空调背后的零食统统拿了出来。

阿衣莫紧张得一直咽口水，没想到班级里有这么多人做小动作。

“有问题的统统留下来，其他人可以走了！动作快！”郑老师说。

阿衣莫赶紧收拾东西，准备出门。

“走！做值日去吧。我知道今天不是你，你一起去帮个忙吧。早上扣分了。”夏雪儿发出了邀请。

阿衣莫这一次没有马上答应。她看看时间，轻轻摇摇头。

“我想给家里打个电话。”

“你晚上回寝室也能打呀。”

“我们家睡觉早。九点回寝室，有点晚。”

“哦，那你忙。”

夏雪儿说完头也没回。阿衣莫红着脸，说了两次对不起。

夏雪儿的步伐很快，头颅一直高高仰着，浑身上下写满了骄傲。

阿衣莫来到宁波后第一次拨通了家里的电话。学校里对学生的手机管理很严格。住宿生要交给宿管阿姨保管。只有在放学后有一个小时可以用，夜自习上课前必须交回去。夜自习下课后到熄灯前还有不到四十分钟的使用时间。

她说话的声音很轻，生怕被其他同学听到自己的方言。

家里的猪肥了。父亲腰伤没有好转，母亲说村里又有一户人家搬去镇里了。村里在宣传易地集中搬迁行动。阿衣莫他们家以前是建档立卡贫困户，符合条件，可以搬去新房。可是父亲不同意，地方不同，家支不一样，莫名其妙去一个新地方，他万万不能接受。

凉山彝族的家支是家族支系的意思。打阿衣莫记事起，父亲就专门说过家支的历史。父亲要求他们熟记。不管走到哪里，只要能准确说出自己的家谱，证明自己所属的家支，就会得到本家支亲友的接待和帮助。

“要不去看看新房子再决定？”她小心翼翼地问了一句。

不出意料，父亲拒绝了这个提议，告诫她一个女孩子家不要管这些事情。

“好好学习。”父亲说。

电话里还能听到弟弟妹妹的声音。妹妹在乎新房子，弟弟年纪最小嗓门却大，父亲很少批评他。

弟弟嚷嚷着想早点过彝族年，杀年猪，吃坨坨肉。杀猪吃肉！他说了好几遍，父亲没有嫌他吵闹。

“吃得好?”挂电话前父亲又问。

“好。”阿衣莫回答。她不敢正面反对父亲。

挂掉电话，望着红褐色的夕阳，阿衣莫肚子咕噜噜叫个不停，鼻头仿佛闻到了烧焦的柴火味。她能想象到母亲麻利地收拾屋子，妹妹把炉火烧得旺旺的，弟弟在一旁打下手，一家人准备晚饭的场景。

嗬，空气里似乎真的有一丝焦味，也许是太阳被自己烤熟了。

第二天看到夏雪儿的时候，阿衣莫觉得有些不好意思，跟她说昨天电话打了很长时间。

“今天你忙不忙，需要的话我跟你一块儿去做值日。”

“不用了。”夏雪儿明确表示了拒绝的意思。

“没关系，一起去吧。”阿衣莫连忙补充，默默跟在夏雪儿身后。

一晃过了三天，9月4日，其余三十一位凉山同学按照计划，准时来报到。学校举行了隆重的欢迎仪式。报告厅里坐满了各个班级的学生代表和教师代表，阿衣莫和其他凉山同学一起坐在第一排。讲台上摆着一排绿植，叶子上布满露水。

校领导为同学们颁发了录取通知书和入学礼包。

刘国琴作为凉山学生代表做了发言。阿衣莫一直盯着她看，这个姑娘全程脱稿，说话很流畅，普通话很标准。她的眼睫毛很长，额头小，是标准的瓜子脸。身上的校服很符合她的气质。阿衣莫在心里默念了好几遍刘国琴的名字。

“我很喜欢汽车营销专业，因为我特别喜欢开车。几乎天天都开，只不过是在梦里……虽然最后来到了旅游服务与管理专业，但是嗯，我会把握三年的分分秒秒，学好专业技能，为家庭造福，为国家、为家乡贡献自己的光和热。”刘国琴还是喜欢念稿子。有些书面语很难背，不像是人该说的话。

学校为欢迎仪式准备了一个大蛋糕。双层水果蛋糕摆在报告厅中间，显得格外诱人。老师贴心地切了三十二块，每个凉山同学都能分到。台下的观众一阵骚动。

阿衣莫分到了最中间一块。她两只手捧着盘子，上面有一块黑色的名牌、一颗鲜红的樱桃。

她印象中自己是第一次吃这种奶油蛋糕。她用力咬了一口樱桃，不知道里面有核，一股坚实的痛传至大脑，她强忍住没有喊出来。大牙发颤了好一会儿。

她默不作声，继续低头吞咽。至于那块黑色的名牌，她马上挑了出来，生怕牙齿再遭罪。

刘国琴在旁边提醒道：“这别丢呀，这是巧克力，能吃的。”

“我知道……我怕太甜了，要不给你吧。”阿衣莫撒谎的时候会结巴。

刘国琴点点头，说了一声谢谢。

为了证明自己确实怕甜，阿衣莫故意剩了很多奶油没吃。

第三章
结下怨气

阿衣莫：

图案我试试吧，这几天事儿特别多。脑袋里很乱，感觉来了好几团糨糊，躲在我的大脑里开会。

我家里最近不方便去，他们最近很忙。等以后吧，也许会有机会。

再联系，你好好绣你的东西。

这种感觉以前也出现过。我怀疑自己抑郁了，但是查查资料好像又不像。

反正和高一迷茫时差不多。当时是因为什么难受来着，有点忘记了。

忙得晕头转向的袁馨秋

袁馨秋感觉胸口压着一块巨大的石头。上课的时候她强迫自己把头抬高，抬累了干脆去看窗外的风景，反正不想看到阿衣莫的后脑勺。

树叶歪歪斜斜，沾了一点阳光的味道，有些卷边。袁馨秋不知道树的名称，在她看来只有两种树，一种是茂密的，好看的，惹人喜欢的；另一种就是窗外的那种，乱糟糟的，没有被人精心照料过。

看久了，杂乱的叶子竟然有点像阿衣莫的马尾辫，发色有些黄。

袁馨秋赶紧闭上眼睛，情不自禁说了一句脏话。声音不轻，被老师听到了。

“你有什么意见要发表吗？”这堂课的内容是职业道德与法律，上课的政治老师戴着黑框眼镜，不笑的时候有点像抓捕犯人的警察。同学们管他叫黑猫老师，寓意像黑猫警长一样的老师。

“我没有意见。”

“下课你留一下，其他人继续回到书本，我们看下一个案例。”黑猫老师不想耽误上课时间。

袁馨秋不情愿地哼了一声。这次刻意控制了音量，只让周边同学听到。她发现前面的夏雪儿回头瞟了她一眼。扭头的速度很快，眼睛微微眯起来，好像没戴眼镜的近视眼患者。

她心底的无名火瞬间升起，双脚在地砖上不停摩擦。

对付夏雪儿，她没有太好的办法。夏雪儿脾气太火暴，性格过于直接，从没见她背后评价过其他人，看起来没有弱点和把柄。袁馨秋也怕惹怒夏雪儿后，事情闹大了，到时候无法收场。

下课后，黑猫老师把她喊到了办公室。

“你不想上我的课吗?”

“不是，我对政治课，对法律很感兴趣。”这一点她没有说谎，“这是维护公平正义最后的防线。这句话老师你上课的时候也说过。”

“那你上课要注意言辞!”

袁馨秋没有正面回答。她看到黑猫老师的办公桌上放着一个透明的月牙形小物件，形状和耳郭很贴合。

“老师，你为什么戴助听器?”她对这一类器具特别敏感。

“这是耳机，不是助听器。”黑猫老师说。

“哦，那就好……嗯。”袁馨秋愣了愣，回过神后又问道，“我以后如果想当律师是不是现在要换专业?”

“我们学校一般不转专业。而且我们中职阶段，也就是职高里没有设置法律专业。袁馨秋你想做律师?”

“对的。”袁馨秋回答。

黑猫老师很意外。他认真解释，现实中的律师和电视里的律师不一样，不要只看到光鲜亮丽的一面，这个职业很辛苦，压力很大。

"我不是贪图它轻松。"

"如果你是想维护正义……"黑猫老师的嘴巴一下子卡壳了，"还有很多途径，不一定要局限于当律师。"

"我现在的专业也可以吗？"虽然刚开学没多久，但是在班级里郑老师说了不下十遍了。他们所学的旅游服务与管理专业，主要有两大方向，一个是进入旅游行业，一个是进入酒店行业。

这两个方向和袁馨秋的夙愿相差甚远。

这个问题把黑猫老师问倒了。他拿起保温杯喝了好几口茶，喝完后慢悠悠把杯子放下。

"在生活里当一个好人，就是在守护公平。"黑猫老师给出了自己的答案。

陆续有其他老师回到了办公室，进进出出的人多了，黑猫老师说话的声音渐渐轻了下来。

"我知道您的意思了……谢谢老师告诉我实话。打扰了！"袁馨秋站了起来。

"我不是这个意思。"黑猫老师没想到会是这个结果。他示意袁馨秋再坐一会儿，又问了她好几遍，为什么这么想从事这个行业。

袁馨秋支支吾吾，改口说自己是开玩笑，随便说说。

"一切皆有可能，你不要泄气。"

"谢谢老师。"她浅浅鞠了一躬，弯腰的时候紧紧闭上了眼睛。她没有看到黑猫老师眼神中的歉意。黑猫老师又拿起了水杯，里面只剩下几片干涸的茶叶。

雾气从山谷底部腾起，空气好像被煮沸，水雾无处不在，朦朦胧胧，连天空中的太阳都变得水嫩水嫩。阿衣莫找了一处能晒到太阳的坡顶，用石头和叶片给自己垒了一个用来靠腰的土凳。还好是初秋，到了秋末，坡顶是不能睡觉的，这里寒气逼人，雪花会早早来安家。

忽然，她听到山谷深处传来阵阵巨响，在好奇心的驱使下，她拼尽全力奔跑。镇子上，一幢幢新楼房像新鲜的山竹，一点点蹿高，她回过头拉起妹妹的手在楼群中穿梭，找寻自己喜欢的门牌号。

101、106、1018……门牌的顺序好像很杂乱。

紧接着耳旁传来短促的音乐声，附近没有行人，更没有人在弹奏音乐。她停下了脚步。耳畔的音乐越来越响。直至意识到这是起床号，她才猛然从梦中醒来。

“快点洗漱吧。六点半住宿生要跑操!”刘国琴提醒大家。

阿衣莫的寝室现在住满了人，都是来自凉山的同学。

刘国琴是新任命的寝室长。另外四个人分别是和阿衣莫同班的赤木则、李付进，还有来自电商专业的两个女生。现在阿衣莫不敢再把水盆搬出来，她想到了一个替代的办法：每天早上洗脸的时候，扎起头发，把头深深埋进脸盆。

随着另外四名凉山同学加入旅游2班，旅游2班现在正式满员。

郑老师把所有同学的证件照通过特效软件生成为卡通头像，再把这些卡通头像剪成形状各异的小卡片贴在一块大大的KT板上，挂贴在教室最后面。尔古日木是班里唯一的凉山男生，他的头像被放在KT板的正中央。

“聚是一团火，散是满天星。在一个缺乏凝聚力的环境里，个人再有雄心壮志，再有聪明才智，也不可能得到充分发挥！团结出凝聚力，团结出战斗力。”郑老师利用剩下的一点时间即兴上了半堂班会课。

下课前，郑老师又宣布了一个深思熟虑后的决定。由于多了四位凉山新同学，班委会可能要进行调整。

还有学生会干部要招新了，每个班可以推荐三名同学。

“社团招新的传单前两天应该也都发到了吧。所以一共是三样事情。社团招新的表格你们自己填完信息后交给班长林波。后面笔试、面试会单独再通知。学生会的推荐名单和班委改选我们放到下周三班会课进行！”郑老师说。

阿衣莫对这些不感兴趣。她翻出藏在课桌洞里的社团报名表，视线聚焦到了倒数第二栏。有一个社团名字很短，平时几乎从没听人提起过，叫布艺社。

阿衣莫在家里学过彝绣，布艺社所需要的技能好像是这些社团里她唯一熟悉的。

运动类社团她不敢报，以前小学练习队列的时候她好几次同手同脚，被老师单独批评过。舞蹈类社团她也不敢报，担心穿上跳舞的服装，会露出自己瘦小的骨架。

就选布艺社了。

日子不紧不慢地过着。她一直在牵挂家里的搬迁情况。

“实在不好意思，夏雪儿，今天我不能陪你去做值日了……我们家最近在搬家，晚上我需要再打个电话。我爸爸现在不同意，所以想再劝劝他。”阿衣莫说。

“没事，忙你的，我不需要你陪。”夏雪儿没有抬头。

阿衣莫想继续诉说自己的歉意。父亲的态度好像有了变化，镇里、村里来了很多人讲解搬迁政策。听说安置点的楼房已经造好了，可以去参观。

“他们说有五层楼高，黄褐色带着花边。我也没见过，听起来真奇怪，竟然还有这种样子的。”阿衣莫又说了一句。

夏雪儿没有回应。她的思绪不知道飘在什么地方。阿衣莫说的这种小事还不值得她花精力思考。

不对，夏雪儿刚刚好像点了一下头，阿衣莫告诉自己。她总担心自己说错话做错事，生怕有哪个细微的动作惹得夏雪儿生气。聊天的时候，如果没有得到回应，她就会闭嘴。如果得到了回应，她总想再回应一下对方的话，避免冷场。

“我想起来今天有点事儿，食堂你先去吧。”夏雪儿说。

一个人去食堂的路上，有人拍了拍阿衣莫的肩膀。她回头的工夫，身后出现了几个黑影把她架到了墙角。

对面四个人，阿衣莫一个人。她们刚刚在墙角站稳，很快又改变了主意。

“去二号实训楼后面吧，那里没人，这里可能有人会来偷吃零食。”

阿衣莫开口想大喊干什么，刚说出一个字，嘴巴就被捂住了。她们不知道从哪里找来一块毛巾。和电视剧里的剧情不同，这确实是毛巾而不是脏兮兮的破布，没有塞进阿衣莫的嘴巴，只是捂住不让她发声。

她们吭哧吭哧架着她走，走了一百多米，实在累了。于是停下来，互相换了个位置，换一只手架人，继续走。到达目的地后，四个人大口喘气，看样子比阿衣莫更狼狈。

她心里的不安稍稍缓解了一点点。

“上次的事情你还挺上道的。”

“对，没有告诉老师。这还算懂事。”

她们四个人中有两个是阿衣莫的同班同学，另外两个没见过面。

“今天来找你，不是为了寻仇。需要你跟我们袁老大，就是袁馨秋道歉。”

“你们是?”

一瞬间阿衣莫脑海里冒出无数个念头。她以前只是听说过有些学校有坏学生成立小组织，在校园里横行霸道。

“我们是九花组。”

“你不用知道名字。所有欺负我们成员的人，我们都不会放过的。”这四个人里说话速度最慢，咬字最清楚的是叶芊芊。她说话似乎习惯咬着牙齿，翘舌音总是读成平舌音。看样子她和袁馨秋关系不一般。

“道歉就可以了吗？”阿衣莫用力咬住嘴唇。

“这不是可不可以的问题。是必须！现在马上！”

“你想要我怎么道歉？”阿衣莫的脸色越来越冰冷。

“写一份道歉信，或者在班级里当众亲口说。”叶芊芊说其实她理解阿衣莫。社团的特权不怪她，这是学校老师的决定。但是她和夏雪儿让袁馨秋在班级里难堪了，出了洋相，这里面有她的责任。

“这和我有什么关系？”阿衣莫问。

“其实我也不讨厌你，道歉过后我们可以既往不咎。你如果特别想加入我们这个公平正义的九花组，也可以递交申请，我们说不定会额外开恩，同意你加入。”

“我不要。”

阿衣莫没有片刻犹豫。她们几个恼羞成怒，连忙把话题拉了回来，要阿衣莫马上道歉，立刻道歉！现在她们准备把袁馨秋叫过来。

“我都不要！”

阿衣莫改了主意。她的反应有些出乎叶芊芊的意料。

这时阿衣莫突然使劲，半蹲下身子，左手抱住右手，手肘和手臂呈现坚硬的三角结构，最后用手肘的尖端撞开她们的手臂，挣脱了四个人的包围圈。

叶芊芊愣了会儿，没有料到阿衣莫这么小的个头竟然能爆发出这么大的能量。

等她们四个人反应过来，阿衣莫早就跑远了。

“这件事情不能就这么算了。”

“别犯傻。这人也不是个善茬，后面小心点，我们慢慢把场子找回来。”叶芊芊想了想，跑去宿舍和袁馨秋商量对策。

这场意外没有影响阿衣莫的生活节奏。她见到陌生人会害怕，遇到大场面会害怕，碰上发言或表演会害怕，唯独对干坏事的人她一点儿不露怯。

“问心无愧，就会有无穷的胆气。”父亲的这句话她记得很牢。以前父亲当过兼职护林员。大凉山地大山高，人口比较分散。父亲当时每周要去义务巡逻半天。可就是在这巡逻期间，他处理了两次小规模的明火，遇到了三伙偷猎者。

面对偷猎者的猎枪，父亲一次都没有逃跑。

这天午后下了一场小雨。雨过天晴，红扑扑的太阳表现得很优雅。它静静地俯瞰大地，轻拨白云，一切都是不慌不忙的样子。寝室楼里有工人在调试设备，学校为凉山同学在寝室里安装了无线网络，便于她们周末和家里联系。毕竟打视频电话要花流量，打游戏也要流量。

这几天阿衣莫课间低头睡觉或者做作业的时间变少了。她开始跟着刘国琴她们一起去上厕所。没什么好怕的，这么多人围攻不也轻轻松松应付了吗？阿衣莫不间断地给自己做心理暗示。

凉山同学里数尔古日木和刘国琴最受大家欢迎。尔古日木上完一堂体育课，已经成为班里篮球小伙们的顶梁柱。他说话声音很洪亮，打球时喜欢脱掉上衣，露出身上清晰分明的肌肉线条。体育老师说了很多次叫他穿好衣服，他总是装出一副憨憨的样子，假装没听懂。一米八的大高个，在篮球场上像极了一头精壮的大黑熊。

刘国琴口才很好，郑老师点名让她主持一节班会课讲述凉山彝族地区的历史，没想到她把黑板擦当醒木，现场开始说书。

“话说1935年5月，红军长征的时候经过了四川南部。那里是彝族、汉族混居的区域。这里属于果基家支彝区……没事，这个大家现在还听不懂的家支概念，后面我们再娓娓道来……当时红军先头部队刚到就被彝族百姓拦住了去路。大家拿着各种各样的武器，做好了和红军开战的准备。这可是红军呀，彝族百姓怎么会跟红军刀枪相见呢？有同学知道吗？”

“我知道。他们肯定有误会，互相不了解。”一个女生坐在下面抢答。

“确实如此。为顺利通过彝区，当时红军战士们通过翻译向彝民们耐心宣传解释，说明红军和国民党反动派的不同。红军不是来抢劫和杀害彝民的，只是借道北上，替受压迫的人打天下，红军要和彝民联合起来，打倒压迫屠杀彝民的地方军阀!”刘国琴的声音跌宕起伏，她说得比以前老师说得还要生动。

赤木则和李付进来自同一所初中，彼此很熟悉。赤木则是凉山同学里个子最高的，被体育老师选中，加入了学校长跑队。

李付进嗓音很好听，唱高音一点儿都不费劲，成了音乐课代表。

这么一盘算，好像每个人都有自己的过人之处。唯独阿衣莫剩了下来。

天空飘下雨丝，今天学校花坛旁来了几个园艺工人，他们的三轮车上摆满了各色菊花，还有几株粉色的郁金香。花坛里的枯草很快被换成了这些鲜花。刘国琴不顾雨势悄悄走上前，在花丛间隙采集了一些掉落的花瓣。她喜欢鲜花，喜欢花朵带有的香气，以前经常在干农活的时候收集沿途不知名的小野花，用橡皮筋把它们扎成一小捆，然后放在自己枕头下，这样自己闻起来也会香香的。

阿衣莫悄悄来到刘国琴身边，帮她撑伞。

“谢谢，这些分给你吧。”

“啊不用……”

“不用客气！”刘国琴说有些有钱的同学在用香水，她们用不了，用花瓣也不错，也许效果更好呢。阿衣莫轻轻点头。

布艺社团的第一堂社团课如期在二号教学楼四楼“服装艺术”工作室开课。指导老师是两位女老师，一位姓俞，一位姓余。两位老师姓氏同音，所以同学们用年龄来区分，大俞老师和小余老师。

大俞老师年纪大一些，为人稳重，上课喜欢带着一个小巧的红色保温杯。

小余老师刚毕业不久。她很喜欢瓷器。教科书的外壳精心套上了一个蓝色的布制书皮。

叫着叫着，同学们就把她们叫成了大鱼老师、小鱼老师。

阿衣莫觉得小鱼老师更亲热一些。她对凉山更了解，问了阿衣莫什么时候过彝族年，怎么做坨坨肉。

“很高兴大家能够齐聚一堂，一起学习布艺文化，接触布艺技术。我们的社团课要讲的是蓝染技艺，第一阶段学扎染。”小鱼老师说着开场白。

阿衣莫慢慢打量着屋内的陈设。每张桌子一个人，一百多平方米的工作室里座位间距很大，坐着很宽松。每人脚边放着一个半透明的塑料桶，里面装满了清水。

“桌上的塑料袋里装着植物染料。打开的时候要小心！”大鱼老师说。

小鱼老师走下来手把手指导同学们打开染料包，按比例混入清水，然后一遍遍反复搅拌。

空气里散发出一丝淡淡的仿佛发酵很久的异味。阿衣莫第一次闻，没有任何防备的她打了好几个喷嚏。她担心影响上课，连忙站起来想跑去卫生间，结果一不小心踢倒了塑料桶。淡蓝色的染料瞬间流遍整间屋子。

“快拿起来！把桶扶正！”大鱼老师大喊。

阿衣莫还没反应过来，愣在原地。

这一堂课的剩下时间所有人都在打扫卫生，拖把、吸水布都拿来吸拭染料。阿衣莫满脸通红，不停向老师道歉。小鱼老师拍拍她的肩膀，又给她拿了一包染料包，可她静静看着，噙着泪不敢打开。

“打翻工具能理解的，很正常。第一次没关系！大家注意力集中，我们使用的天然靛蓝是世界上最古老的染料之一。它的原理很复杂。制作的过程需要发酵，所以刚溶于水的时候会有刺鼻的味道。”小鱼老师说。

地上的水渐渐被抹干，发酵的气味被发潮的空气慢慢吞没。大鱼老师给大家发放了布料和细绳。她和小鱼老师的配合很默契。

“扎染的步骤不难。我们先要做图案设计，然后用线或绳子把布料捆绑起来，最后放入染液中。”大鱼老师展示了自己制作的几件扎染作品，有围巾、头纱、纱衣。靛蓝溶液在素白的布料上绘出形状规则的朵朵鲜花和层层浪花。细细分辨，每一朵花好像长得又不一样。台下一阵欢呼，阿衣莫有些出神。

“大家今天不用设计图案。先按照黑板上的图案来捆折，弄完后再来讲台前领取钢针，把布料扎好，固定好！”小鱼老师补充道。

“这样就好了吗？”

“还要放到染缸里。被绑扎的地方因为染料无法渗入，会形成自然的特殊图案。放入的时间不能太短，大家看好钟表，自己计算时间，十分钟后拿出来。”

在老师们的辅导下，大家纷纷动手。

阿衣莫动作很慢，手指触碰着桌面上的水渍。塑料桶里重新被装满染料，微微晃荡，脑海里的情绪仿佛被彻底抽离。阿衣莫刹那间觉得这个塑料桶比卫生间里的脸盆们更像大海。那种异味她有些习惯了。应该和大海里的腥味很像吧。她记得网上描述的大海的味道。

不知不觉到了下课时间，铃声响起，阿衣莫没有离开的意思，她一个人找来拖把将工作室细细清理了一遍。大鱼老师是会计专业的班主任，赶着去管理班级，工作室交给了小鱼老师做收尾工作。

"以前没接触过染布吧？"小鱼老师注意到了她。

"没有。"阿衣莫没心思回教室，想弥补一下课上的失误，帮忙收拾塑料桶。

"第一节课还习惯吗？"

小鱼老师让她不用忙，可以回教室，还说阿衣莫是唯一一个选择布艺社的凉山同学。

"挺好的。"

"不要有心理负担。我们现在社团课上人多，所以大家用塑料桶。后面等你们学会了，正式操作的时候会用上染缸。"小鱼老师撩起帘子，工作室一角的铁架子上摆着一排大小不一的染缸。

说话间，只听啪嗒一声，阿衣莫又一次打翻了染料桶，上一次是用脚，这一次是手的缘故。两个桶一起拿，紧张的手指没捏紧桶的边缘。担心的事情总是会在最担心的时候发生。

"小鱼老师，我好像不适合学这个，对不起……我下次不来打扰了。"阿衣莫说。

小鱼老师捡起塑料桶："别紧张，深呼吸！你选择我们布艺社肯定是喜欢布艺的对吧？"

"我弄错了。我以为这里是搞刺绣的。家里教过一点彝绣。"阿衣莫在心里一遍遍告诉自己，没什么大不了的，可看到浪费了这么多染料，又止不住心疼。

“这很好呀！以后可以把刺绣加进来。”小鱼老师握紧阿衣莫的手，忘记了她手上还沾着染料。

第四章
巧妙的陷阱

袁馨秋：

别难过了，过去的事情就让它过去。信怎么写这么短？这不是你的风格。这么短的信寄来寄去，多浪费快递费。

是不是遇到了困难！是家里的，还是学校里的？你呀不要这么拼命，循序渐进，劳逸结合，这样效果更好。

拿出你之前的那股子倔脾气。你不是很会策划，很会统筹的吗？

你还记得你的九花组是怎么运行的吗？我当时可吃尽了苦头。

还记得第一个学期的班委选举，我本来以为和我不会有任何关系。谁能想到你把选举变成了针对我的陷阱。我静静地坐在讲台底下发呆，偶尔看看黑板，不是好奇谁当选班委，谁被推荐去学生会，只是想有可能的话多记下几个同学的名字。谁能想到后面发生的事情。

我记性不太好。不过我发现你现在记性也很差。好好回忆一下你那时的“雄心壮志”。有什么能困住你的！袁馨秋你和我说过的，困难都是小狗，你比它凶，它就会怕你，就会躲你。你要是害怕了，想逃跑了，它就一直冲你汪汪汪叫个不停。

你能不能别守着自己的诺言了？给我个电话。还有，我只知道你们学校的校名，具体是在哪个校区？哪幢宿舍楼？几〇几？赶紧回复我。

准备来看你的急性子

班级内的民意投票如期展开。讲台上摆着三沓裁剪整齐的空白选票。黑板被划分成两个区域，一个是学生会干部推荐名单，另一个是班干部人选。

咳咳，班主任郑老师开始做投票前的动员讲话，简单评价了最近班委会的工作情况。

“请大家认真阅读选票上的填写说明。”郑老师对这次选举很重视，亲自收发选票，挑选了三个计票人，三个监票人。随着选票一张张被打开，一个又一个候选人的名字被写上黑板。

不出所料，林波是呼声最高的班长候选人。

夏雪儿的票数也很高。不过选她做班长的没多少人，超过半数的同学同意推荐她去校学生会当学生干部。最令人意外的是阿衣莫。很多人在卫生委员的候选名单里写上了她的名字。

宣读结果的时候郑老师语速缓慢，好像一切都在她的设想之中。“都说群众的眼睛是雪亮的。看来大家对阿衣莫同学很支持。我也看见过好几次，阿衣莫自发地帮助夏雪儿打扫包干区。”

阿衣莫有些不知所措，手心不停冒汗。

她的后背没长眼睛，没法接收到来自袁馨秋的嘲讽。

她此刻还不知道，这些票大多数是袁馨秋的功劳。九花组经过了多次讨论，商量出了今天的计策。

“这叫调虎离山。”

学生会工作辛苦，要管理全校各班级的纪律、卫生，还要组织各种文体活动，除去上课，在教室里待的时间屈指可数。夏雪儿这种人去了那里，正好顺了袁馨秋的意。

至于力推阿衣莫担任卫生委员，原因就简单多了。卫生委员辛苦，如果她们故意推脱，不干活儿，那么打扫的任务最后都会落到阿衣莫的头上。

“让她辛苦辛苦，好好给班里做贡献。偷偷告诉我们的人，后面做值日，一定要找各种各样的理由请假，我看她怎么收场！”袁馨秋跟伙伴们说。

其他的班干部安排没有太多意外。刘国琴当上了心理委员，尔古日木担任体育委员。

自从加入了学生会，夏雪儿跟陀螺一样，每天不知道在围着什么东西拼命转。她开口闭口谈论的都是校园里的各种大活动、大事件、大问题。社团文化节要开始筹备了，学校风气听说要大整治……阿衣莫渐渐找不到和她的共同话题。

现在没人陪阿衣莫一起吃饭了。尔古日木、刘国琴、赤木则和李付进四个人经常自行凑成一桌，坐在短桌上。阿衣莫不方便挤进去。她时常抬头在排队的人群中搜寻着，希望能看到熟悉的影子。

“学生会的活动太多了，我看你吃饭都没时间。我寝室里还有一点荞麦饼，是我们凉山特产。你拿点吧，饿的时候能垫垫肚子。”阿衣莫抓住课间的机会对夏雪儿说。

“老师通知过几天还要搞学生会全体大会，临时多出了任务，最近很忙。”夏雪儿接过阿衣莫手中皱巴巴的塑料袋，没有拒绝，也忘了道谢。

阿衣莫看到她接过荞麦饼，脸上的笑纹更自然了。

她没注意到，这些天自己在食堂用餐的速度比以前快了，吃的也少了，好像耳畔有一种声音在不停催促她，快点快点。

在窗口排队的时候，阿衣莫会不自觉地紧盯窗口上方的黑色电子屏，上面清楚写着今天的菜单。她总是挑自己熟悉的那几样小菜。拿好餐盘，也总是抄近路去拿筷子，再找到角落的座位。

每一步她都加快脚步，没有半点犹豫。食堂阿姨没听清楚她的普通话，打错了菜，她总是将错就错，没有一次指出来过。

“严肃，活泼，认真，我宣布九花组本学期第八次集体会议正式开始!”

夜自习下课后，九花组的秘密会议在学校地下车库的消防楼梯拐角处召开。

大部分老师已经下班了。平时去地下车库，老师们习惯坐电梯，很少有人会走楼梯。这里很适合隐蔽和逃跑。楼梯里有感应灯，只要稍有动静，就能看到上面的亮光，这个时候可以往反方向逃跑。

八个女生在楼梯拐角处，席地而坐，地上铺了几页空白的草稿纸。

袁馨秋坐在最中间的位置，她是这个组织的发起者。开会前她故意扭开了校服最上面的两颗扣子，用手搓搓脖子，让皮肤泛红，让自己看起来更像个成熟的社会人。

咳咳，伴随着她的几声干咳，其他人纷纷闭上了嘴巴。

九花组一共有九位组员，寓意九朵鲜花，还有一个组员是袁馨秋的初中同学，在隔壁一所重点高中上学，平时很少有时间参加她们的活动。

会议开始前，大家按照惯例默念了三遍九花组的互助口号——平等互助，不要让生活的灰尘，蒙住我们的梦想。

“今天叫大家来，是为了解决阿衣莫享受特权的事情。”

九花组里没有高低贵贱之分，没有设置组长副组长，谁都可以发言或打断别人的发言。

叶芊芊介绍了上次教训阿衣莫的过程，不自觉地强调她的野蛮。

“这个人，她以前肯定经常和人家打架。上次她直接拿手肘撞开了我们。这多危险呀——”

“她从头到尾都没有服输吗？”袁馨秋皱着眉头问。

“她说没必要跟你道歉，态度很坚决。”

“她还说，我们这么做是无理取闹。”

参与行动的几个组员不约而同说起了阿衣莫的坏话。

袁馨秋的脸色瞬间阴沉下来。场上陷入了久久的沉寂。

头顶传来零星的汽车鸣笛声，她看了一眼手表，压低嗓门：“最近学校里还有没有其他需要我们出手的事情？”

“机电2班有个女生被欺凌了。她们班有人化妆，她找班主任打小报告，然后被别人知道了。那些人就在她的朋友圈、QQ空间里肆意攻击她。我手机里保存了一些截图，你们可以看看。”

叶芊芊摇摇头：“这个事儿我们不应该管，谁让她打小报告，错在她。”

袁馨秋打断了她：“毕竟校纪校规里也写了不能化妆。她做得不够讲义气，不够合适，但是你不能说这是犯错！即便她真有错，这么多人在网上辱骂她那也不合适。”

八个人争论不下，最后袁馨秋坚持用投票的方式进行了表决。

表决的结果，六票对两票，九花组要对受欺负的女生予以帮助，协助她反击那些施暴者。

“叫她把那些谩骂者的QQ号给我们。把里面骂得最凶的找出来，然后我们帮她骂回去。至于其他人，我们写个匿名信交给学生处，让老师们去处理吧。”袁馨秋说。

“这样会不会引火烧身?”

袁馨秋一拍大腿，浑然一个男生的做派：“怕什么——有什么事儿我担着。匡扶正义本来就要付出代价，别学我们班那个破班长林波胆小如鼠。”

“那阿衣莫的事情怎么办？也给她点颜色看看吧。”

袁馨秋愣了一会儿：“让她认个错就好了。”教室里的位置和值日表现再也不可能换回来了，而且她也当了卫生委员，每天埋头奔波，也算辛苦。

“那夏雪儿呢?”

“过去她就是个麻烦，现在进了学生会离老师近了，如果她恶人先告状，抹黑我们，那我们就真的吃不了兜着走。反正井水不犯河水，保持距离就好。我们要有勇有谋!”袁馨秋说。

她站起身来，轻轻拍拍屁股上的灰尘，第一个往楼下走去。

她起身后其他组员才敢站起来。袁馨秋小心翼翼地咳嗽几声，确保声控灯保持亮光。按照计划，她们两人为一组，一人往上走，一人往下走，每组间隔两分钟离开。

行进至地下车库，袁馨秋做了好几次深呼吸。脑海里好像一下子飞进好几只蝴蝶，扑扇翅膀，到处乱窜。楼道最下面靠墙的位置摆着一些破旧的卫生洁具，很久没用，拖把的布条硬得好像在冰箱里冻过，散发着一股酸臭的霉味。几只小蟑螂蜷缩着身体，偷偷溜走。

今天袁馨秋的速度有些慢，楼梯口的声控灯暗了三次，她还没走出去。车库里的车辆已经走得差不多了，寝室熄灯的预备铃声也开始响起。

她破天荒在楼梯口等了一会儿，直到叶芊芊出现。

“你们对阿衣莫，还是别太狠。”袁馨秋还想嘱咐几句。

“知道了。放心吧！”叶芊芊回答。

夜空中的圆月很亮，学校里的路灯很暗。袁馨秋很久没有回家了，周末回的是爷爷奶奶家。

袁馨秋小时候最喜欢闻缝纫机上的机油味，透明的瓶子里会散发出淡淡的油麻籽的味道。爸爸每过一段时间会给缝纫机上点机油，她就喜欢在一旁盯着看。

嗒嗒嗒嗒，缝纫机运转的声音是她最喜欢的乐曲，也是家里为数不多的声响。只可惜爸爸妈妈听不到这些了。

妈妈每天在做十字绣。爸爸加工些复杂的布偶娃娃。后来他又学会了箍桶，家楼下的车棚里就开始堆满了各种竹器、木板和工具。

“长大了就不要和他们待在一起，他们希望你有新生活。”爷爷的话至今还回荡在她耳边。

快到寝室门口了，她闭闭眼睛，摆出冷酷的神态。

“阿姨，开个门！让我进去。”

她说完，旁边传来另一个微微颤抖的声音。声音好像被瓷器打磨过。

“阿姨，不好意思，麻烦开一下门！”

阿衣莫也等在门口，今天电话打太久了，她第一次被关在寝室门外。

两个人像两件刚刚凝固的雕塑，不约而同地直视前方。眼神比课堂里更专注。盯了十几秒后，袁馨秋发现面前的玻璃门上还能看到阿衣莫灰黑色的影子。于是又背过身去。

噔噔噔，宿管阿姨踩着厚跟拖鞋，黑着脸，手里的钥匙串叮叮当当作响。

开门的瞬间，阿衣莫第一时间从门缝里挤了进去。

“你们下次再迟到，我要加倍扣你们分了！”宿管阿姨的怒吼被抛在身后。

每到晚上九点半，寝室里的电源会被全部切断，走廊里还剩下几盏照明灯。阿衣莫走进屋子时，室友们都躺在床上聊天。

她简单洗漱了一下，连忙钻进下铺。今天没有时间“让脑袋住进大海”了，她只能摸摸那几个脸盆，轻轻拍拍盆身。

刚刚她给家里打了三通电话，第三次才接通。接电话的是弟弟，电话那头能听到妹妹的哭声。

弟弟说话速度很慢：“手机破了。”

阿衣莫问了很久，弟弟才说清楚，爸爸妈妈吵架，一气之下摔了手机。至于吵架的原因，弟弟说不出更多有用的内容。她猜大概率是因为搬迁的问题。

她叫弟弟去准备点热水，找点糖果，安慰妹妹，哭多了会伤身体。

“先去睡觉，明天你们还要早起上学。”她重复了好几遍，弟弟才照做。

第五章

九花组

阿衣莫：

你不用来，我有过誓言的，先别违背。

我当时欺负你了吗？你记这么清楚干什么。对不起，确实给你带来了伤害。那个时候我完全没有意识到自己的问题。起初一直以为你是个刺头，仗着自己的身份搞特殊化。后来很多事情做着做着就变样了。

有一段时间我心生愧疚，觉得自己是不是太过分了。没想到你一脚把我的桌子踹飞了。好啦，我已经改过自新了。

最近可以不用寄信了，我准备回老家了。这个寒假不回宁波。

老家那边下雪了，很久没有看雪景了，等我到了，给你堆个雪人。你也可以给我绣一个。

还有你们学校的学习氛围怎么样？

袁馨秋

国旗高高飘扬，国旗护卫队的同学穿着白色仪仗队制服，高昂着头，候在一旁，汗水顺着脖颈流下。音响里传来主持人浑厚的声音，台下七嘴八舌的讨论声慢慢轻了下来。

“接到热心同学举报，最近学校里发生了多起网络暴力事件，造成了恶劣的影响。学校根据《学生手册》第八章违纪学生处理规定，对参与的学生进行纪律处分。并将督促这些同学当面向受害同学道歉。网络空间不是法外之地，网络暴力也是暴力，有矛盾可以好好讲，同学之间友谊永远是第一位的。希望大家引以为戒，若还有类似情况，我们会加倍惩处！”

升旗仪式上，学生处对在网络上恶意谩骂同学的四名学生进行了通报批评。其中两个人受到了严重警告处分，两个人记过处分。

很快就有同学传出消息，这次是有神秘组织在维护正义。

同学们对这个组织本身比对事情的经过更加好奇。

袁馨秋没想刻意宣传，甚至还萌生藏起来的想法，她担心老师知道九花组这个组织的存在。所以举报的时候她们用的是匿名的方式。

可是事态很快脱离了她们的掌控。九花组的大名依旧传遍了校园各处。

“听说了吗，几个高一的新生搞了个地下正义组织。”

“什么东西?”

“你可以理解为电影里的复仇者联盟。她们帮机电2班受欺负的女生出头。”

“啥，这是她们干的？带头的叫什么名字，哪个班的?”

“不知道，她们保密工作做得很好。”

袁馨秋听到了好几次这样的讨论，现在大家还不知道组织内部的情况。这种神秘感引起了越来越多人的好奇，袁馨秋很享受这种感觉。她趁人少的时候跑进卫生间，望着镜子里的自己，手指沾了点水，在镜子边缘画了一个可爱的笑脸。

不知不觉铃声已经响过了。回到教室的时候，袁馨秋被郑老师批评了。

郑老师询问原因，她回答上厕所。

“都过去五分钟了，怎么还慢吞吞地走回来，你应该跑几步。”

话音刚落，阿衣莫和刘国琴敲响教室门，她们刚从外面回来。下午电视台要来学校采访凉山学生，她们课间在没人的地方背诵讲稿。

郑老师没有拦她们俩。

袁馨秋瞪大眼睛，眼睁睁看着她们回到座位。

“为什么她们迟到没关系？”

“她们在为下午的采访做准备，提前请过假。”

“那她们回来的时候也是慢吞吞走过来的，没见她们跑呀。都上课了，回来得比我还晚。”袁馨秋的话似连环炮，声音又响，音调又高。

谁都没想到袁馨秋会直接跟班主任反抗。

教室里一下子炸开了锅，男生们掩饰不住脸上的笑，都等着看热闹。

“好，有道理……这样，你们三个人都去教室后面，面朝墙壁。迟到几分钟，罚站几分钟。”郑老师的这些话是从牙齿缝里蹦出来的。

袁馨秋一个人走到墙角，故意拉开和阿衣莫她们的距离。

她的手指不停摩擦墙皮。吱嘎吱嘎的摩擦声，令人汗毛竖起。

这也是不公平，是需要改变的事情。面壁思过的五分钟里，她想了很多，不能放纵这种现象蔓延开，谁都没有特权。不管她是从哪里来的！她一遍遍告诉自己。她决定下课后就通知九花组，马上开始下一轮的行动。

今天是服务礼仪课第一次实践课，前面上了两次理论课。同学们盼这一天很久了。女生穿着藏青色的长袖连衣裙制服，男生统一穿黑色小西装，大家被分成四组。实训教室里有一面巨大的落地镜子。所有同学面对镜子站成一排，细微的一举一动会被无限放大。

人群最旁边有两个人是例外。一个叫王宇佳，她在女生中显得特别高大，身高190厘米，体重超过了180斤，需要买特制尺寸的衣服。

另一个就是阿衣莫。她收到的衣服小了一个尺码，穿不进去。

她记得登记的时候自己填了身高158厘米，要中号。可是班长林波记录的表格上写的是148厘米，尺码小号。

“肯定是你登记的时候弄错了。”林波说。

“我当时是报给我们组长的。”阿衣莫解释。

“问题不出在我这里，你可以去问问你们组长。”

阿衣莫找到组长叶芊芊，组长的回答和林波一样。她也不觉得自己有问题。这个数据她不会弄错。

“叶芊芊，我真的不可能记错自己的数据。”

“怎么了，难道还是我的问题？”叶芊芊音调陡转，“你看看其他人那里我有弄错过吗？怎么就你的和别人不一样。”

阿衣莫看着周围投射过来的各式各样的眼神，闭上了嘴巴。叶芊芊的嘴角露出得意的微笑。

郑老师得知后，立刻安排了礼仪制服退换。但是新衣服的到来需要时间。现在她只能孤零零站在队伍的最角落。她在心里不停转移自己的注意力。

想想布艺课的内容吧。

靛蓝色的染料在温水里慢慢化开，洁白的坯布用线绳扎好图案，再小心翼翼地浸入染料中。目前上了两堂课，阿衣莫学会了三种漂亮的扎染图案。

再想想家里。阿衣莫不自觉低下了头，眉头紧锁，好不容易挨到下课。

其实倒霉的事情才刚刚开始。

作业本莫名其妙不见了。

桌子被移动了，前桌往后，后桌往前，位置小得快被挤扁。

还有喝了一半的水瓶里出现了一层细细的白色粉末，好像是粉笔灰。

阿衣莫能做的事情不多。

她委屈自己，蜷缩双腿。

她委屈自己把水倒掉，用自来水冲刷杯底。

可怎么都冲不干净。凝视水底，好像总有小颗粒在漂浮，总有小顽固躲在凹槽处。周围有人路过，她便收起水瓶，假装洗脸。前前后后清理了五分钟，终于放弃了。她没有丢掉水瓶，重新去开水机那里灌了半瓶凉水，然后一口气全部喝完。

喝完后又灌了一整瓶的热水。

"我喝过了，这样就代表干净了吧。"她自言自语。眼角的泪花已经溢出来了，她努力压抑内心的情绪。

班级里郑老师宣布了一条新规定。接到学校通知，期中考试后要在各班选拔优秀学生参加一年一度的市技能大赛。作为旅游班，学生们要参加的项目是导游讲解、酒店管理和中餐摆台，这些比赛对选手的形体气质要求很高。所以每天上学提前十分钟，放学推迟十分钟，这二十分钟要用来练功。

“每天两次训练，每人一根木棍，穿过你们的双臂，夹在背后，好好整治大家的驼背问题。”郑老师说。

阿衣莫做得很认真。

她后面的几个同学悄悄把木棍的位置向下移，减轻对后背的束缚。还有男生在悄悄说话，讨论昨天晚上游戏里的精彩瞬间。阿衣莫一点儿没有偷懒，挺直腰杆，努力撑开自己。

没想到才第二天，她的木棍就整个湿透了。木棍好像被人故意丢到了水里，泡了一整晚。棍子滴答滴答往下滴水，从上到下散发着一股酸臭味。

郑老师踩着朝阳走进教室，早练功要开始了。阿衣莫咬咬牙，紧紧夹住了木棍，任凭水珠浸透她的校服。

嗯，这些水看起来很不干净，校服上留下了明显的黄渍。

她知道这些事情一定和袁馨秋脱不了干系。

明州职高建校四十多年了，校园经过多次改建，景观树的种类也很多，塔松、菩提树、枇杷树、樟树，还有一号教学楼侧面四棵低矮的杨梅树。

旅游2班的包干区就在教学楼和实训楼的交界处，每天早上光扫落叶、清理草坪就要花去足足二十分钟。阿衣莫成为卫生委员后，做值日请假的同学一天比一天多。

很多同学达成了默契，等阿衣莫一个人快扫完了再来包干区，晃悠一圈再回教室。值日也算做了，清闲也保留了。

“来，旅游2班你们的卫生委员出来一下……你看看，窗框没擦干净，门后面有纸屑，水房的地漏也没擦。这样一处扣一分，你们要扣三分哩。”

“可不可以少扣一点。我们马上打扫！”阿衣莫和学生会检查的同学解释，自己的精力都放在包干区了，实在是忙不过来。

“都第几次了，我都不好意思了。赶紧的吧！”

学生会的卫生部这星期进行了两次突击检查，旅游2班每次都被抓了个正着。这星期手里一共攒了五张扣分单。

“你可以找夏雪儿问问经验。我知道你很努力。但是做卫生委员，不单单要自己花力气，还要带动全班同学，这也是你学习管理的一次尝试。”郑老师说，脸上没有了往日的笑意。

阿衣莫不是没有想过这个办法，可是夏雪儿抽不出太多的时间，每次都说话匆匆，自己不好意思追在她屁股后面问。在郑老师的催促下，她厚着脸皮在夏雪儿巡查的时候找了上去。

夏雪儿觉得自己没有秘诀。无非是偷懒的人狠狠地批评，认真的同学记下来，告诉老师给他们加德育分。

“还有吗?”阿衣莫问。

“最近我的岗位换了，从纪律部换到了卫生部。现在你是卫生委员，我是学生会卫生部巡查员，再加上我们一个班。我实在不方便出太多主意。万一别的班的同学举报我徇私，那不好办。”夏雪儿说。

“你该扣分就扣分，我不是这个意思。我是想向你取经。你管得比我好，那总有我学习的地方。”

“那没别的办法了，总不能我帮你管吧！虽然我们是学伴，但是一码归一码，这是工作，不能混淆概念的。”夏雪儿的思路很清晰。

“你脸色有些发白，嘴唇也裂开了，是不是没休息好?”阿衣莫问。

“是有点累，所以你的事儿我实在帮不上忙。”夏雪儿说，“我最近还有点腰疼，你看手臂上也有一些淤青，都不知道什么时候出现的。”夏雪儿揉揉手臂，没有撸起袖子给阿衣莫看。

不远处有人呼喊夏雪儿的名字，她摆摆手回应。

在学生会的这几天，夏雪儿已经彻底融入了这个新集体。

“阿衣莫，你是个负责的人，我相信卫生一定能搞上去。

对不起，最近没办法陪在你旁边，我会跟郑老师建议，给你换一个学伴。”夏雪儿说。

“谢谢。”阿衣莫应了一声，没有直视她的眼睛。脑海里想起夏雪儿和袁馨秋吵架，帮她出气的画面。来来往往的人渐渐多了，好几个戴着红袖标的学生会干部朝夏雪儿的方向围了上去。

谢谢！阿衣莫又说了一遍，可惜声音不够响，听到的人不多。

她和夏雪儿终究不是同路人。一个太耀眼，一个太普通，好比珍珠和贝壳。珍珠出世前会同贝壳朝夕相处，但它们终要分开，只能相伴走一段路。一切似乎又回到了原点。阿衣莫望着无云的天空，明亮的阳光照在身上感觉不到一丝暖意。

值日生偷懒的情况持续久了，班级里流言四起。

刘国琴看在眼里，有些坐立不安："这样不行！阿衣莫，每次做值日都是你自己受苦怎么行。她们太过分了！好歹我们都是凉山出来的，不能眼睁睁看着你受欺负。”

她的声音很响，像是故意说给其他人听。

尔古日木、赤木则和李付进也聚了过来。

“交给我吧。我知道他们机电班新买了一个落叶扫地机，推着走就能把落叶扫掉。很方便的，我以前只在电视里见过。”尔古日木说。

“不用，我真没事。”阿衣莫站起身来，“以后我会仔细点。”

“你别这样——那些故意违反规定的，你就扣他们品行分，你是卫生委员，这是你的权力。郑老师不会说你的。”刘国琴补充道。

“这样会有很多人不高兴。”阿衣莫摇摇头。

“你不能总想着别人吧，现在别人都以为你好欺负，没脾气。”刘国琴音调高了八度。

“我再想想办法。”阿衣莫低着头。

“走，今天我们帮你。”尔古日木说。

“你们去吃饭吧。”她没有片刻停留，快步走向卫生间。

在卫生间的垃圾桶里，阿衣莫见到了一个很熟悉的塑料袋，皱巴巴的，里面的东西是黄青色的。虽然样子有些模糊，袋子的包装阻隔了食物腐烂的味道，但她很肯定，这是自己送给夏雪儿的那几块荞麦饼。

夏雪儿好像都没有吃。是嫌弃东西不好吃吗？阿衣莫小心捏起一个角，发现饼的外皮是完整的，似乎一口都没有咬。

哦，这里不需要用到“好像”和“似乎”这两个词语。

今天家里的电话打不通。阿衣莫试了好几次，一直到夜自习铃响。

回到教室，她发现自己的座位又被动了，前后夹击下只留给她不到二十厘米的宽度。

“这让我怎么坐——”她再也无法克制自己的情绪，抬起脚想把桌子踹翻，“你们有完没完！”

可惜踹的角度不好，刺啦，桌子往旁边移动了几厘米，依旧岿然不动。她屏住呼吸，狠狠地又踢了一脚。

后面的袁馨秋叫她不要影响其他同学：“有话你好好说，干吗发脾气，这是教室，又不是你家。”

阿衣莫坐下后发现桌子上多了一张字条：老老实实道歉，这事儿可以翻篇。

她没有犹豫，重新站了起来，把字条撕得粉碎，扔在袁馨秋的桌上。

“你们给我等着！”

“你说什么？”袁馨秋以为自己听错了。

“九花组是吧。你们都给我等着！”阿衣莫说。

第六章
大雨

袁馨秋：

我们学校学习氛围也不赖，虽然只是专科，比不了你的，但是大部分同学都有自己的目标，也在努力。你少话中有话瞧不起人——哼。

快递费真的不便宜，加起来够我喝好多杯奶茶了。可是如果装到信封里贴上邮票，速度又太慢了。还是用快递寄信这样好！

话说你什么破记性。我根本没踹飞桌子，那么大的桌子，怎么可能踹得动！

我绣的东西已经寄给你了。

你要雪人，就给你一个大大的雪人，这件作品叫《雪中送炭》。

好了，你到老家了吧，给我寄个真雪人吧。

你最近在干什么？法律知识在复习吗？我刷到他们复习考研的

视频，每天起早贪黑，这样不好。我自己试过，每天闷在房间里刺绣，一点儿不休息的话会很累，会厌倦。

你别光顾着说我，你也是个姑娘家。应该去看看花，看看自己喜欢的书，晒晒太阳，买一杯不甜的奶茶。

要劳逸结合，你要是空的话，也可以和我一起设计图案，上次和你提过了。当然你也可以试试绣一下。我给你寄了材料包，里面也有简单的说明。以你的雄才大略，一定是看一眼就懂了。

希望你加油的人

很多魂牵梦绕的想法，会在琐碎的日常生活中被渐渐忘却，阿衣莫也一样。

“下下个星期的国庆节，学校要组织我们凉山全体同学去看大海！是真的大海！”这个消息让班级里再一次沸腾。

阿衣莫的注意力渐渐被“看海”吸引过去。

所有凉山同学被分成五个小组，每个组设置组长，分发研学手册，到时候要一起去完成研学任务。

第一站是去万人大沙滩。

第二站是去海边盐场参观，体验采盐的全过程。

第三站是坐船去海岛游玩。

“这座岛我知道，上面有一个萌宠园。”有同学继续解释。阿衣莫去过一次县里的动物园。萌宠园她是第一次听说。毛发卷卷的羊驼、摆弄小短手的土拨鼠，还有细尾獴和小矮马，这些动物在刘国琴的描述下活灵活现。

刘国琴虽然出生在凉山，但她父母常年在南方打工，她去过大城市很多次了。

“还有吗？第四站有吗？”阿衣莫追问道，脸上浮现一丝淡淡的红晕。

“第四站是品味渔家文化。应该是吃海鲜。第五站是观看电影，写一个观后感，然后打道回府，全部的行程就结束了。”

阿衣莫对吃海鲜不太感兴趣，前面的行程对她而言很有吸引力。茫茫大海上波涛四起，蔚蓝色的大海和蔚蓝色的天空在望不见的远方融为一体。

这次能看到大海了。阿衣莫在心底念叨了很多遍。

“坐船的时候能看到地平线吗？是蓝色的吗？”

“不是。我们这里的海是黄色的，不是蓝的。”夏雪儿听到了，立刻纠正道。

这个话题持续了很久，一直到吃完晚饭，上完夜自习，回到寝室，两个室友赤木则和李付进还在讨论坐船会不会头晕的话题。

兴奋过后，阿衣莫想把这个好消息和妈妈分享，又试着联系家里，但依旧没得到回应。这一下她有些心慌了。她背不出亲戚和邻居家的联系方式，只能依稀记住几位数字。

第二天，她没有乖乖上交手机，利用课间又给家里打了好几个电话。始终没有回应。

傍晚食堂里早早飘出饭香，今天的菜单里有一道葱烤大排。黑色的酱汁浇在肥瘦分明的大排两面，嫩绿的葱化作淡淡的香味挤满了这片肉的每一个缝隙。

阿衣莫心不在焉，吃饭时有点像机器人，每一个动作都是下意识的。舌头的味蕾分不清熟悉的味道。

夜自习上课的时候，郑老师突然找到阿衣莫，把她请到了办公室。她体贴地为她安排座位，倒了一杯滚烫的热水。郑老师的茶杯上画着一朵大大的菊花，虽然是白开水，喝起来好像还真的带有一丝花香。

阿衣莫抿了几口，心中的紧张情绪刚刚放松下来，可接下来郑老师的话让她从椅子上弹了起来。

“阿衣莫，你家里出了一些状况。”郑老师的信息来源于阿衣莫老家的乡政府。

“附近频降暴雨，这种情况很罕见，现在路垮了，山体滑坡，信号塔出了点问题……”郑老师的声音越说越轻。

阿衣莫那一刻又恢复了神智，默默坐回椅子。停留几秒钟后，阿衣莫又站了起来，把水杯放回桌上。

“我知道了。老师我可以出去了吗？”

“阿衣莫，你坐会儿……”

“老师，等信号恢复了，家里的电话会打过来的，对吧？那么现在我可以出去了吗？”阿衣莫又一次重复了这个问题。

这天晚上夜自习管理老师恰好是小鱼老师。阿衣莫没有做作业，盯着书本，眼泪一滴滴往下砸。

“别在这里哭了，去放松一下吧。”小鱼老师把阿衣莫叫到门外。“平时做什么能放松一些?”她问。

阿衣莫不好意思说去寝室看海。

“让我去服装工作室吧，可以吗?”阿衣莫小心翼翼地问。

小鱼老师带她去打开了门，简单嘱咐了几句。

房门虚掩，阿衣莫一个人在屋子里静静地发呆。不知道过了多久，她开始打扫卫生，把每一个塑料桶都擦洗了一遍，又把地面清理好。

全部做完后，她站在原地。桌子上染好的蓝布和多余的针线映入眼帘。

还没有到下课的时间。她走走看看，把桌面擦了擦。最后实在无聊了，开始用针线在蓝布上刺绣。彝绣的传统颜色是黑、黄、红。可这里只有白布和蓝布。针线只有白色的。握着熟悉的针线，攥紧陌生的蓝布，她把自己最拿手的双鱼戏珠的图案绣了上去。

白色的针线在蓝布上格外醒目，一条线的波浪，两条线的远山，还有用四条线勾勒出来的小鱼，嘟着嘴在吐泡泡。

她没有听到下课铃声，反应过来的时候小鱼老师早就站在她身后了。

“阿衣莫，这些都是你绣的吗?”小鱼老师问了一句废话。

“对不起，这个刺绣看起来有点……太蓝。”

“嗯，确实有点蓝。”

“这间布艺工作室第一次有学生做出这样的作品。”小鱼老师说。

阿衣莫有些受宠若惊，挠挠头，表示这幅作品绣完后一定要送给小鱼老师。

等待的日子像是在走钢丝。不得不往前走，不能原地停留，不能回头张望。一颗心脏始终高悬着，要时刻担心脚下的悬崖。

阿衣莫心烦的时候只能喝水，不停喝水，希望能浇灭急切和不安。又等了足足十个小时，郑老师把她叫到办公室，给她看了家乡当地的新闻视频，轻声安慰她。

“当地救援力量快速完成物资装载后，顺利将急需的生活物资送到受困群众手中。截至目前，已定点投送约3吨生活物资。”

听着视频中的新闻解说，阿衣莫的泪水夺眶而出。

“老师，我没事，我可以回去了吗？”

“喝点水吧。”

“不用，我……真的喝饱了。”

“你放心，只要有新消息，我马上告诉你！”郑老师习惯性拿起热水壶，瞟了一眼阿衣莫的水杯，又轻轻把水壶放回原处。

走出办公室，窗外下起了绵绵细雨，阿衣莫浑身上下隐隐发抖。

她竟然有些怕雨。望着落下来的雨丝，脑海里浮现出熟悉的山坡、草场。

郑老师担心阿衣莫，提前跟她的室友们打了招呼，要求大家多陪阿衣莫聊聊天，让她感受集体的温暖。

“刘国琴，这个任务交给你了。”郑老师说。

来自凉山的其他同学不受此次暴雨影响。她们居住的乡镇距离滑坡地都很远。

阿衣莫把自己关在卫生间，用手捂住水龙头，任凭冷水在手中流过。她屏住呼吸，闭上眼睛，想象口鼻沉浸在水中。水流不止，气息停滞，直到胸腔发疼实在憋不住，蹲在水斗旁大口大口喘气，大脑迎来了短暂的难得的平静。

和家里失联的第三天，郑老师接到了来自凉山的电话，当时已是晚上十点了。她马不停蹄从家里赶到学校宿舍。

“阿衣莫你怎么这么慢?”

“我在厕所里。”阿衣莫没说实话，夜色遮住了她脸颊上的泪痕。

“给你家里打电话吧，他们一切都好!”郑老师的气息还没有调匀。

阿衣莫拿起手机，背过身拨通了熟悉的电话。

“喂，你慢慢说……”

阿衣莫的情绪渐渐平静。

“没事，我们家地势高。”阿妈说损失最大的是猪。年猪死了。

阿衣莫担心后面会有虫害，土壤里泛起盐碱，她在一本自然书里看到过洪水、泥石流、滑坡后的灾害描述。这几天她虽然一直刻意回避和水有关的话题，不过在图书馆借书的时候，眼睛总是不自主瞄向那些书籍。

换一个地方吧，短时间之内很难恢复吧，她建议。

“你爸心里有数。他今天主动去问了集中搬迁的政策。”妈妈说。

九花组按照惯例在楼梯间举行例会。开会前楼梯间好像进了其他小动物，噌噌噌，总有一些轻微的声响。

“不会是老鼠吧?”

“哪怕有老鼠也得开会。组规里写过的，克服一切可以克服的困难。”袁馨秋深吸一口气，壮着胆子说。

“赶紧开始吧，不要耽误开会。”叶芊芊附和道。

最近学校里有关网络暴力的事情少了，但是稀奇古怪的事情增加了。

很多人联系到了九花组的“官方QQ号”。同学们意见最大的是这么几类问题，一个是觉得食堂菜价高，二楼的味道不好。一个是师生矛盾。其他基本上是个别同学间的矛盾。

“食堂我们管不到，每个人口味不同。师生问题我们没办法管，勇敢不是鲁莽，蚍蜉撼树的事儿不能干。所以接下来还是处理同学矛盾，把他们分一下类别，鸡毛蒜皮的事儿就算了。”

“好的。”永芳点点头。她平时话不多，负责管理九花组的QQ号。这是九花组目前和其他同学联系的唯一渠道。

“最近很多人在到处打听我们。”永芳补充道。

“我们下次要不要戴个头盔，或者戴个口罩。”叶芊芊说。

“这样反而是掩耳盗铃。大家小心点吧。”袁馨秋回答。

组员们现在统一了认识，希望九花组名扬校内外，但是个人不要出名。她们想模仿侠客。开会到一半的时候，只听扑通一声，一大桶凉水从天而降。

冰凉的水从三米高的位置冲下来，效果和一条人造小瀑布一样，楼梯间一瞬间鸦雀无声，众人毫无防备，都愣住了。袁馨秋以为水管爆掉了。可等她抬起头，看到了阿衣莫站在上面，挥舞着水桶。

“阿衣莫！你干什么！”

“我说过的话，一定会做到。”

“你说什么了？谁记得你说了什么！”

阿衣莫没有停留，提着桶就走。留下一座湿漉漉的“水帘洞”，水珠淅淅沥沥还在淌。

她没有听到愤怒的吼声在楼梯间反复回荡。

第七章
“有点蓝”

阿衣莫：

收到了。雪人很好看，白白的，肚子鼓鼓的，和你很像。

我给你寄了雪人，很大的，按照真人比例堆的。比你都大，收到了吗?

哦，如果没收到可能是雪融化了。雪变成了水，水从包裹里渗了出来，太阳一晒，风一吹又干了。所以你找不到。

你可以再等等，明年我早点给你寄。

图案，我给你想好了。哎呀，只是刻在了雪人身上，你是不是也找不到了。至于法律，最近累了，我可能快改主意了。以后也不一定会从事法律相关职业。其实这样也挺好的，做人做事不必过于执着，顺其自然也是一种幸福。

袁馨秋

阿衣莫绣在蓝布上的作品《双鱼戏珠》被其他老师看上了，收到货款六十元。小鱼老师把现金交到她手里。阿衣莫连连推辞。

“这是你的劳动所得。”

“老师我就随便玩玩。布和线都不是我的……没叫我付布钱，我已经很高兴了。”阿衣莫说。

“说什么呢，傻孩子。”

阿衣莫一直在推辞：“老师，这次的钱给您吧，是您帮我卖掉的。您也辛苦，下次如果还有，我一定不客气，全收下。”

这句话让小鱼老师萌生了一个大胆的想法。这件事情可以长期做下去，也许能成为布艺工作室的一个创新项目。

“您说我一直绣下去？”阿衣莫问。

“我们可以组成一个团队。”

“和九花组一样吗？”

“九花组是什么？”小鱼老师问。

“哦，没什么。”阿衣莫摇摇头。

小鱼老师以为是电视剧里的内容，没有追问。

“上次你说这样的绣品有点太蓝，我觉得，我们的团队就叫‘有点蓝’怎么样？”

阿衣莫有点恍惚，心里默默念叨了好几十遍，才给出肯定的答案。

就叫“有点蓝”。

经过小鱼老师和大鱼老师商议，教研组开会，最后上报学校通过，“有点蓝”布艺品学生创新创业项目正式成为校级教科研项目。蓝布上刺绣这个风格其实包罗万象，既有苗绣、彝绣的影子，又有现代流行文化的元素。大鱼老师坚持要多些传统味道，小鱼老师认为作品要多点实用性。

阿衣莫和两位老师合作，一起绣了一块大大的门帘，上面写了三个大大的字——有点蓝。字迹太过于规整，看起来像印刷体。

“以后刺绣方面你是我的老师。”小鱼老师说。

“啊，老师您可别开玩笑了。我怎么能……”

“别谦虚！术业有专攻。”小鱼老师搬出孔老先生的名言，三人行必有我师。

“我们彝族同学不少接触过彝绣。”

“以后等成熟了，大家可以一起加入‘有点蓝’的团队。”小鱼老师说。

社团里成立了专门的工作小组，阿衣莫担任组长。她变得更忙了。有时候中午也要去工作室干活，吃饭都顾不上。

这天上午最后一节语文课上完，她去了一趟布艺工作室，来到食堂的时候已经很晚了。

凑巧刘国琴、赤木则她们旁边还有一个空位，她们已经吃得差不多了。旁边还有其他班级的同学，阿衣莫不认识。她愣了三秒，决定坐到那里去。因为周围人来人往，原地站立等待更容易让她心跳加速，浑身冒汗。

坐下后她冲大家浅浅笑了一下，赶紧埋头吞菜，同学们餐盘里剩的不多了。

“你吃这么快干什么。”刘国琴问。

“啊，不快。”

“没关系，慢慢吃，我们等你。”刘国琴说。

阿衣莫想叫她们先走，不用等自己。可话到嘴边说出来的是谢谢。

“谢谢。”

“这有什么好谢的。”刘国琴的话让阿衣莫鼻子发酸，她咀嚼的速度更快了。

学校进门处的花坛最近新种上了菊花。清一色是黄色和红色的绣球菊，团簇在一起。这是国旗的两种颜色，花坛前竖着庆祝国庆节的塑料文字标牌。

郑老师在班里发布了几条重大信息：运动会要报名了、这个月旅游2班没拿到月度考核优秀班级。

说完这些，郑老师把阿衣莫叫到了办公室。

“家里最近都在联系的吧，情况怎么样？”

“都好的。”阿衣莫告诉郑老师，爸爸妈妈已经去看过新房子了，签了协议。房子她看过照片，感觉很不错。里面简单装修过了。墙壁被粉刷得雪白，卫生间不再是旱厕，只要准备点家具就能入住。

弟弟妹妹在帮忙打包家里的行李。老屋他们不会废弃，妈妈说每年会来照料几次。仅剩的牲畜已经处理完了，后山的田地他们最舍不得。爸爸说他打算定期过来打理。

“你多关心关心他们。有时候也多讲讲你在学校里的表现。”郑老师像变魔术一样，拿出几颗薄荷糖，递给阿衣莫。她一口气说了很多，聊了成绩，聊了卫生情况，最后说到了学伴的话题。“今天找你来，是想告诉你，你的学伴可能要调整一下。”

“我……我知道，夏雪儿跟我说过，我知道她很忙。”

“嗯，后面她可能要休学。可能是一学期，也可能是一年。”

“为什么？”

“身体原因。”

“什么病这么严重？”阿衣莫问为什么这么突然。怪不得她请了三天假。

郑老师告诉她，不要问，这是夏雪儿的个人隐私。以后等时机成熟的时候她会告诉大家。

“那她还会回来吗？我想道个别。”阿衣莫问。

郑老师没有回答。

“你的学伴换成袁馨秋吧。你们两个各方面很互补。”

"啊!"

郑老师举例说明。袁馨秋成绩还可以，本地的，人缘好。但是缺点也很多，比如不积极参与班级活动。阿衣莫可以多影响她。

阿衣莫完全听不进去。

"你去把她叫来吧，我们一起谈谈。"

袁馨秋得知后拼命推辞，阿衣莫见状也开始大声附和。

"难道你们有矛盾?"郑老师问。

"没有……"两个人不约而同回答道。

"那就这么定了。"郑老师一锤定音。

两个人谁都没有开口说话。这些天她们一刻都没有消停。阿衣莫的书包里两次出现零食包装袋，一次被卫生部巡查同学发现扣了分，还有一次她自己提前看到，处理掉了。英语和数学两门课的作业本又"失踪"了一次。"大不了我不上厕所了，每天从早到晚蹲在这里。"阿衣莫说了狠话，可是作为卫生委员，这一点她其实做不到。

九花组也不好过，阿衣莫将计就计向学生会纪律部递交了匿名举报信。她没有直接举报九花组，而是反映地下车库的楼梯间有人偷偷吃零食。她把九花组放在她书包里的零食包装袋放到了楼梯间。现在楼梯间成了纪律部的重点巡查区域。

九花组的例会没办法开了。叶芊芊找了很多地方，最后在垃圾回收区域旁边找了一个半露天的墙角。闻着臭烘烘的气味，每次开会前她们都要把阿衣莫先骂一遍。

可是郑老师的决定她们谁都不敢正面违抗。

“这个学伴，我们只是演戏。”

“当然。”

“我们仍然是敌人。你知道的吧，我不喜欢你。”袁馨秋说。

“巧了，我也是。”

两个人陷入久久的沉默，回到教室后一切都像没有发生过的样子。

夏雪儿要休学的消息没能瞒太久，很快传遍了班里。听说她生病了，有的同学开始自发捐款，有的同学策划去她家探望。阿衣莫给她写了一封信，在蓝布上绣了篝火的图案作为礼物。阿衣莫邀请夏雪儿，等她病好了，她们一起去凉山看火把节。

袁馨秋咬咬牙，决定以九花组名义准备礼物。一抔土，一朵花，一瓶学校池塘里的水。她们选了看起来最便宜的三件物品。

“礼轻情意重！”袁馨秋很佩服自己的点子，这样既不损自己的面子，又彰显了自己的大度。毕竟她和夏雪儿可不是什么好朋友，纯粹是互相看不惯的同学关系。

只可惜夏雪儿没有再出现在班级里。她的书包和行李是她爸爸过来拿走的。她爸爸个子不高，体形和夏雪儿很像，粗粗壮壮，不笑的时候眼神有些锐利。同学们静静看着，谁也没有上去搭话。

说好的要送给夏雪儿的礼物也没能送出手。

袁馨秋把土和水归还给了学校草坪。

阿衣莫把那块绣布放回寝室，等以后吧，总会有机会的。

大家的捐款则由郑老师转交给夏雪儿爸爸。

夏雪儿座位上所有痕迹都快被清空的时候，阿衣莫突然想起来夏雪儿那次和她提过，腰痛和手臂的淤青。也许那个时候身体已经在报警了。

“休学完，病好了，她就能回来了吧。”阿衣莫自言自语。

一切都悄无声息地进入了崭新的篇章。又过了几天，班级里的座位进行轮换。

班长林波觉得夏雪儿的那套桌椅是多余的，组织几个男生把桌椅送进了学校仓库。结果郑老师知道后劈头盖脸骂了他一顿。

他转头又把桌椅搬了回来。

“这是我工作中的疏忽。凡事我应该多和老师请示，绝不自作主张。”

林波主动在班级里做了一次检讨。

郑老师听了连连摇头，这不是问题的关键。

“你是班长，应该有自主权。但是别忘了夏雪儿是我们的同学，她永远是我们的一分子，怎么能随随便便把她的座位撤走呢!”

“我以为她不会回来了。”林波还想解释，“教室本来空间就不大，所以我才把她的座位挪走了。郑老师我下次不会了。”

林波很擅长做检讨和消除老师的怒火。郑老师没有为难他，要求班委会组建帮扶小组，今后定期联系夏雪儿，把作业、试卷寄给她。

“我们要互帮互助，任何时候都不能忘了本心。”

出现总是热热闹闹的，像一场盛大的演出。离开往往是悄无声息的，会违背所有的计划。阿衣莫有些接受不了，拿出那块绣布思考良久，在上面加了一点新的图案。

国庆前的最后一次班会课，学校请到了一位来自上海知名机构的升学辅导专家，专门给高一年级的同学们讲解职业生涯规划的重要性。报告厅里座无虚席。还有一半的同学因座位数量限制，只能在教室里观看讲座的直播。旅游2班被安排在报告厅的后半部分。

阿衣莫被迫和袁馨秋并排坐着。很多同学昏昏欲睡，唯有她俩全神贯注，像铸好的蜡像，姿势笔挺，生怕和对方有肢体或眼神的接触。

临近结束，辅导专家抽取了八个同学，进行现场一对一咨询辅导。这个环节让同学们精神一振，很多人从睡梦中清醒过来。

袁馨秋主动举手，被抽中了。

“同学，你目前的职业规划是什么方向?”

“我是旅游服务与管理专业的，但是我想做一名律师。”

辅导专家笑了：“看来这位同学刚刚打瞌睡了，没有听清楚今天讲座的内容。我在刚开始就说了，我们在进行职业规划时一定要结合自己的实际情况，从现在的专业出发。职业规划不能盲目，你的目标不合适，必须要调整。”

台下笑声一片，无数双眼睛盯着袁馨秋。她握紧话筒，深吸一口气：“这是我努力的目标，老师！真的没有一点儿实现的可能吗?”袁馨秋想起自己和政治老师的那次谈话。

“理想是丰满的，现实是骨感的。我知道接下去的话非常地刺耳，但是我依旧要告诉你。因为这就是职业规划的重要性。一步错步步错……”辅导专家说了很长很长一段话，借此机会，把前面讲过的内容又复习了一遍。

袁馨秋没听进去，她失了神，木木地坐回座位。手里的话筒也没有还回去。直到旁边的阿衣莫用力拍了拍她的肩膀。喂——

她反应过来后，推开阿衣莫，没有交出话筒，突然又站了起来。

“老师，您说得对，一步错步步错。所以我会坚持我的理想。如果现在听了您的话，就这样放弃的话，可能后面就真的是步步错了，谢谢您！”

说完后她帅气地交出话筒。

这一举动超出了所有人的预料。同学们起哄声四起，班主任老师们不得不站起来维持秩序。台上的辅导专家额头冒汗，只能强调要包容不同意见。

“希望有一天你能真正实现自己的理想。”

“我会的——”没了话筒，袁馨秋高声喊了出来。

这一下台下看热闹的同学呼喊得更厉害了。除了掌声，嘲笑袁馨秋异想天开的不在少数。

“她都来职高了，还想做律师？是不是脑子坏了。”最刺耳的是这句话。

“有本事当初好好读书，把分数考高一点呀。旅游2班的人都奇奇怪怪的。”

讨论的矛头逐渐从袁馨秋身上转移到了整个班级头上。

阿衣莫听到后，和全班同学不约而同都站了起来，伸长脖子要和那几个叫嚣的男生理论一番。今天袁馨秋说的话，阿衣莫觉得没问题，听起来很畅快。

越来越多的人站了起来，耳朵已经听不清周围人的话语，只知道必须要用更高的音调、更大的音量压过他们，场面逐渐失控。

伴随学生处主任登台，这场讲座草草结束，同学们在老师的呵责下情绪渐渐冷静下来。

这起事件过后，袁馨秋彻底成了校园名人。未来的大律师，是同学们往她身上贴的标签。

“老师，我的这一生难道就这么被确定下来了吗？”袁馨秋说自己可以一眼看到未来几十年的样子。

“也不是完全没有办法。”

政治老师听闻消息后，专程找到袁馨秋。他去找自己的大学同学打听了，他的同学现在就在律所工作。按照当下规定，想当律师必须是法学专业毕业，同时通过司法考试，最后再进入律所实习一年后，可以申请成为执业律师。有两条路可以实现袁馨秋的梦想。

一条是在职高毕业后，参加职教高考。虽然只能选择旅游服务类的专业，但是上了大学后，还能考研究生，改变专业。

“你可以考研究生，我们学校不是没有先例。我上上届的班里现在就有两个同学在读研究生。”

第二条是走成人教育的方式。一边工作一边读书，可以读一个成人本科的法学专业，这样毕业后也有参加司法考试的资格。

“但是我建议你走第一条路。它的含金量更高，离你的梦想会更近一些。”

政治老师说完后，袁馨秋迟疑片刻，翻出一张白纸，要求老师再说一遍。这一次她要把每一个字都记下来。握着笔，她的手里却没什么力气。

阿衣莫也在做笔记。

蓝缎曼妙朦胧，草本暗香浮动。布艺工作室里飘散着淡淡的腥臭味，染缸一字排开，同学们拿着木棒认真搅拌。阿衣莫已经习惯了这种味道。她坐在距离染缸三米远的位置，手里捧着一本从图书馆借来的《刺绣基本针法图解》。大鱼老师新购置了一张白色长桌，专门用于刺绣。

前阵子，小鱼老师把阿衣莫绣在蓝布上的作品发到了朋友圈里，引起了许多老师的关注。不仅把绣好的几件作品统统卖掉了，而且还吸引了一些新的订单。

阿衣莫一个人忙不过来。大鱼老师和小鱼老师商量，要尽快开展培训，让“有点蓝”团队变得更加强大。

小鱼老师在公众号里看到了一则中国国际纺织品创意设计大赛的启事，参赛对象和参赛年龄都没有限制。

“比赛征稿时间有三个月，倒也很充裕，我们可以试一试。”

大鱼老师觉得步伐迈得太快了。这个比赛看起来专业性很强，而且面向海内外，学生去参加简直没有任何取胜的希望。

阿衣莫听着她们的讨论，有些云里雾里。

小鱼老师把大鱼老师单独请到工作室外面。“有点蓝”现在需要扩大影响力，比赛是非常好的办法。她之前已经收集了好几个比赛信息。

“这次虽然名义上是国际比赛，但是我们学生可以参加里面的创意组。这个组别去年有不少大学生获奖。我们虽然还是高中生，但是‘有点蓝’这种形式还是很有竞争力的。”

小鱼老师把比赛启事里的奖项设置指给大鱼老师看。创意组设置了金银铜奖、评审团推荐奖，还有佳作奖若干。

“若干就是说不定量，应该是看质量最后确定。如果阿衣莫能够拿下佳作奖，那也很棒了。一定能吸引很多同学来加入‘有点蓝’。”

小鱼老师和大鱼老师聊了很久。

阿衣莫有些犯困，捏捏酸痛的手指，趴在桌上睡着了。

第八章

去看海

袁馨秋：

你发什么疯？你改主意了？这不是你的梦想吗，怎么可能改呢！

你说你到底怎么了。以前信写得老长，现在越来越短！

是不是有些情况特别难收拾，你尽管说出来。

你忘记你的法律梦了吗？你跟我说过当初组织九花组就是为了它。不要轻易放弃呀。我们“有点蓝”当初不也是花了很多功夫吗，现在一点一点取得了成绩。你难道真忘了？需要我再告诉你？

我真想把你的脑袋按进脸盆里，让你好好凉快凉快。

阿衣莫

出行去看海的日子如期而至。所有凉山同学和他们结对的学伴一起坐上大巴车，驱车两小时越过跨海大桥，赶往附近最美的自然沙滩。一共有五位老师随队同行，阿衣莫认识两位，小鱼老师和郑老师。

她第一次见到大海。旁边的同学发出了许多惊叹，她没附和。

这里和她想象中的完全不一样。她觉得眼前的大海像一只庞大的生物，它在呼吸，有着心跳。

哗啦啦的水声是它在呼吸，层层浪花是它在心跳。

它一定有很多颗心脏。

海滩近处的海水是淡绿色的，像抹不匀的颜料，再往外渐变成浅蓝色。风吹起帽子，一圈圈在空中打滚。

同学们兴奋地在沙滩上垒沙堡，打水仗。袁馨秋没有去凑热闹。她不知道从哪里找来一本《刑法》，拿着笔一直在圈圈画画。她和这些凉山同学玩不到一块儿去。

“阿衣莫，你喜欢大海吗？”小鱼老师问。

“梦里它经常出现。”阿衣莫不打算告诉别人自己的岛主梦，还有每天把脑袋放进脸盆，让自己住进大海的事情。

“我倒没什么感觉。我喜欢大山，想找个山隐居，哈哈。”

“太巧了，我从凉山大山里出来，对山反而没什么感觉。”阿衣莫和小鱼老师坐在沙滩上，海水没过脚面。

“小鱼老师你从小生活在海边吗？”阿衣莫问。

“对，准确地说是一座海岛，距离这里几十公里。”

“什么时候搬走的?”阿衣莫很羡慕她能和海岛发生关系。

“我父母还在那座岛上，他们还不肯搬。”

阿衣莫突然觉得小鱼老师很亲切，原来这么多人不喜欢搬家。

咸腥的海水闻久了，阿衣莫慢慢适应了这种气息，开始习惯海风海水和猛烈的阳光。她用了很长时间告诉自己，是的，没错，现在在海边，眼前就是大海。背后的大树、观光指示牌、帐篷都是最好的证据。真的来到了自己梦寐以求的海边，她却没有梦寐以求的感觉。

她把脚伸进海水，埋进沙子，不停地和小鱼老师说起凉山的故事，问起海边的生活细节，潜意识里，阿衣莫依旧觉得大海是非常遥远的事物。

“想不想去水里玩玩?”

阿衣莫摇摇头。她喜欢大海，但不代表喜欢水。小鱼老师也没有下水。她的眼睛死死盯着水中的警戒线，生怕有同学越过。

“阿衣莫，你为什么学彝绣?”

“小时候想挣零花钱。”

“现在呢?”

阿衣莫回答，希望让所有人都穿上漂亮的衣服。如果可以的话，动物还有山川湖泊，它们也可以披一披我绣的东西。

老师没有问，山川湖泊怎么披绣布。

阿衣莫的心里其实准备好了回答。喏，把绣片放到水边，摆在山巅，就可以了。

“走，一起去玩会儿水吧，天色快暗了。”小鱼老师再次发出邀请，她让阿衣莫叫上袁馨秋，“出来玩可以放松点，不用一直捧着书。”

同学们撒丫子在水中追逐嬉戏。阿衣莫起初一直和他们保持距离，直到有人朝她泼水，一次两次，她开始还击，开始奔跑。双脚踩踏海水，踩入细沙，她跑了两步停了下来。浪花一阵一阵席卷滩头，又过了几分钟，新的一轮水仗将阿衣莫牵扯了进来。刘国琴不知道从哪里找来水枪，叫阿衣莫帮她一起反击赤木则他们，这次她没有拒绝。

不知跑了多久，一个踉跄，阿衣莫摔倒了。海水很浅，只到小腿的位置。即便如此，她还是呛到了水，头发湿透了。

咸涩的海水充盈口腔，她第一次尝到了海水。咳咳咳，她不停咳嗽，拼命呼吸，缺氧的大脑变得空白。就是这一刹那，阿衣莫觉得这种感觉很舒服，像极了自己在寝室里。大海和莲蓬差不多，无非大一点，再加点盐。

大海终于变得真实起来。

这次外出研学安排得很充实，大家玩得很高兴。来学校一个月了，阿衣莫第一次觉得自己融入了集体。有人主动喊她名字，主动提出一起去做些什么。

这种感觉她很享受。

他们一起看了盐场，亲手做了年糕，拍下了许许多多照片。回去的路上刘国琴故作神秘地告诉阿衣莫，尔古日木完蛋了。

“第二天晚上我们聚在一起唱歌嘛，有个学伴跳了一支舞。你记不记得？”刘国琴说。

阿衣莫有印象。这个女生好像和袁馨秋认识。

“她叫雨婷，被九花组帮助过。尔古日木现在眼睛一直悄悄盯着她。天天绕远路去上厕所，故意从她们班级门口经过。”

阿衣莫其实注意到了。因为尔古日木以前总是和男生待在一起，最近在女生面前出现的概率明显提升了。

“在食堂吃饭的时候，他过去都跟我们坐在一起，现在单打独斗，挑在雨婷对面，隔着两张桌子面对面。”

“没有其他故事了？”阿衣莫问。

“没了。”

“他们说过话吗？”

“没有。”刘国琴回答。

“行，那我们该干正事了。”阿衣莫拉着刘国琴去布艺工作室，领取新准备好的蓝布。这次看海回来后，阿衣莫得到老师的允许，把他们班几个凉山女生统统拉进了“有点蓝”团队。

她们接触过彝绣，虽然技术上不如阿衣莫熟练，但是基本技法都了解。在蓝布上刺绣对她们来说是第一次。

大鱼老师和小鱼老师把工作室稍稍改造了一下，划分为两个区域。一边负责染布，一边负责刺绣。为了提高“有点蓝”作品的独特性，小鱼老师提出以后刺绣所用的布料全部由工作室自己染制。

染布的工序和质量由大鱼老师来监督，刺绣完成后由小鱼老师统一裁边包装。

阿衣莫不知道其中的细节，只管埋头刺绣。

随着刘国琴、赤木则和李付进的加入，刺绣的速度明显比以前快多了。李付进有时候会唱一点凉山歌曲，踏着规律的节拍，时间在她们的指缝间过得飞快。这段时间绣得最多的是群山图、双鱼戏珠图。

除了在朋友圈宣传，小鱼老师还打算组织同学们开设一家网店。她从电子商务专业班里找来两个同学专门负责网店的设计和运营。

“你们要抓紧准备哟，我相信我们的‘有点蓝’一定会在网络上吸引大量的顾客，到时候大家的作品肯定会被一扫而空。”

除了绣制常规作品，阿衣莫还接到了比赛的任务。小鱼老师要求她设计一幅属于自己的图案，最后绣成作品。

小鱼老师觉得队伍要继续扩大。她和大鱼老师商量了一下，准备再组织一次社团招新活动。她们印发传单，用大字标注，所有加入布艺社的同学如果有作品被顾客买走，将获得百分之九十的货款，作为个人奖励。

这个规定大大激发了同学们的热情，毕竟这是实打实的零花钱。

只过了一天，她们就收到四十多个人的报名。

经过选拔和面试，最终确定了二十六位新社员名单，其中凉山同学占据一半。

就在大家准备大展身手的时候，小鱼老师过来提了新要求："先不急，我们还是要打好基础，练好基本功。一边学新绣法，一边设计自己的作品。"

网店上线一星期以来，没有接到任何订单，访问量只有不到一百。

没有出现预料中大卖的现象。

这一点小鱼老师只告诉了阿衣莫。

怎么会这样？明明朋友圈里老师们对"有点蓝"很感兴趣，都有买的意愿。可是网店里却无人问津。

"可能老师们对我们要求低，在鼓励我们吧。"阿衣莫低下了头。

"不会，可能是我定价不合适，太贵了。"小鱼老师也是第一次操作，她是按朋友圈里的售价来的。

阿衣莫摸摸蓝布上的线头，仔细看看上面的图案和有些发皱的布料，感觉越看越难看，越摸越粗糙。

不喜欢这些也很正常吧。她抬头看天，仿佛身体被抽干，只有四肢还充着气，可以走路，可以一步一步向前挪。今天吃饭的速度和数米粒差不多。

至于卫生委员的任务，她彻底忘光了。

袁馨秋也在看天。天气发潮，慢慢起风了，看样子要下雨。她骗郑老师说自己来例假了，肚子实在疼得不行，请了大半天的病假。

虽然住宿生只能周末回家，但她请假比其他同学方便。老师通常是给她爷爷打电话。她爷爷从不会拒绝她的请求，哪怕是半夜吃烧烤这样的。

她想回家，回自己家，很久没见爸爸妈妈了。

她坐了一个小时的公交车，来到熟悉的小区门口，一动不动看了很久。站岗的保安以为她是访客，过来询问她要找几号楼几〇几。

“这是我家。”

“哦哦，你看着有些眼生。”

袁馨秋打开家门，屋里静悄悄的。装修很旧，灰尘很少，客厅里没有吊灯，只有日光灯。卧室里原先是日光灯，后来灯管坏了，爸爸换成了节能灯。

沙发有三把，大的是布艺沙发，小的是纹理斑驳的木头沙发。两把小沙发款式不一样，所以爸爸没有把它们并排放。

她在客厅里坐了坐，去厨房里察看了冰箱和垃圾桶。爸爸妈妈不像是刚出门的样子。她试着打了几个电话。电话是很难打通的。爸爸的手机永远只开振动。即便打通，能够听到的只有父亲粗重的呼吸声，他听不到女儿的呼喊声。

“为什么我可以听到声音，而你们不行！”

这是袁馨秋小时候问过十几遍的问题。她的爸爸妈妈都是聋哑人，妈妈是先天原因，爸爸是因为儿时生过一场大病。

袁馨秋的出生给这个无声的家庭带来了前所未有的欢乐。发现袁馨秋听得到声音的时候，父母欣喜若狂。爸爸买了会播放故事的玩具小猪，会朗诵诗歌的玩具电话，每一件给袁馨秋的玩具都是有声音的。

不过这份欣喜持续了没多长时间。出生满十个月，妈妈给她断了奶，然后将她交给爷爷奶奶抚养。袁馨秋的印象里，起初爸爸妈妈还经常来爷爷奶奶家探望自己，上小学后，他们俩就再没来过。

爷爷说，他们考虑了很久很久，还是不希望袁馨秋的生活圈子和聋哑人的圈子有交集。不希望她光明多样的未来蒙上不该有的灰尘，所以连手语都不让袁馨秋学。

她拿出几张白纸，在桌子上写字画画。爸爸只念到小学二年级，妈妈没上过学。他们还认不全字。袁馨秋把简单的汉字写出来，复杂的统统画成图案。她告诉爸爸妈妈，她查过法律了，上次的骗子既骗钱又打人，足够判刑蹲监狱了。

她用法槌代表法院，用拳头代表打人，监狱画得最形象。她没发现自己不自觉把监牢窗户的造型画得和教室一模一样。

半年前，有人说有特别好的医疗保险叫爸爸买一买。爸爸看不懂，听不见，连比画带猜买了一万多块钱。后来需要看病去了医院，兜兜转转一大圈发现这份保险不能用。找到介绍人想理论一番，结果被一拳击倒。当时妈妈也在，她被推倒在地，肋骨断了一根。

这件事情发生后，袁馨秋一直希望讨回公道，爸爸妈妈却希望息事宁人。

这些年他们经历了很多值得伤心流泪的事情。要是一件件都说出来，能说两天两夜。

“所以他们不希望你学手语，不想让你和他们太亲近，你爸的意思是希望你能彻底脱离他们这个群体，飞得越高越好！”

袁馨秋不是没抗争过。她想尽办法和父母亲近，可是爸爸妈妈从没露出过笑容。他们陷入反反复复的痛苦。他们换过锁，策划过偷偷搬家，认真考虑过离开袁馨秋的视线。但这些激进的举动最终起到了反作用，一次次放大痛苦，没有实效。

试着理解——爷爷总是说这四个字。

爷爷还拿莲花举例，人们都说莲花出淤泥而不染，但大家都忽略了莲花现在已经出了淤泥，如果没出呢，还待在淤泥里呢，那样还会是花吗？还会美吗？

淤泥里没开花的种子也有很多。

“爷爷，我爸妈去哪里了？他们不在家！”袁馨秋用家里的座机给爷爷打电话。

“啊——你怎么回那儿了？你们老师说……你肚子疼回家，我等了你半天……”

“你告诉我实话，你肯定知道！”袁馨秋很肯定。爷爷自学过手语，经常暗暗和爸爸视频联系。她偷偷看到过。

“说是有个企业请了国外的专家，和医院合作，可以做人工耳蜗。你爸带你妈去试试。”

“怎么又去，万一是骗子呢？”

爷爷没有回答袁馨秋的问题，问完后袁馨秋也知道这句话不合适。

她挂掉电话，走进卧室，望着挂在卧室中央的那幅全家福流泪。

这张照片不知道是什么时候拍的。她坐的姿势歪歪扭扭，爸爸穿着西服，妈妈披着七彩的围巾。除了她没笑，一脸惊恐的神情盯着相机，爸爸妈妈都笑得露出了好几颗牙。

眼泪有时真的比海水咸。

“别告诉他们我来过。”临走前她又给爷爷打了电话。

离开前，她把自己亲手画好的留言条收起来，对折再对折，轻轻撕掉。

第九章
峰回路转

阿衣莫：

我没事。最近准备养一只猫，逛了宠物商店，可是它们好像都不喜欢我。那家店里，我特别喜欢一只毛嘟嘟的短尾猫，可是它龇牙咧嘴，一直躲着我。

不过没关系，哈哈哈，我又开始考虑养仓鼠或者乌龟了。仓鼠傻乎乎的，很像我。不过我不想像其他主人那样，给它准备一个跑轮或者其他捉弄它的玩具，不能太累了。

至于乌龟，它是我学习的榜样。要是我也能慢下来，要是我也能心无旁骛地和兔子赛跑，那生活应该也挺有意思的。

阿衣莫，别为我担心。其实现在静下心来也挺好的。很多东西我感觉不是单纯靠努力能够得到的。也许我们的人生上限就跟这房间的天花板一样，一眼就能看到头。

我真的很佩服你，发自肺腑地祝福你。阿衣莫呀，你可要认真把“有点蓝”做好！有时候闭上眼睛经常能想起我们当初的那些画面。那一针一线看起来很枯燥，可凑在一起其实挺伟大的。

哈哈哈，“伟大”这个词用在这里好像有点不合适。但是仔细想想真的有这种感觉，创造新事物，把想象变成现实，确实令人开心。

加油！我为你加油！

袁馨秋

“今天利用班会课的时间，我宣布班委会的一个决定。当然这个决定也广泛征求了任课老师的意见。”郑老师轻轻敲击讲台，提醒所有人打起精神，“在过去的一个月里，我们再次与‘先进班级’称号失之交臂。最主要的问题出在卫生方面。在这里，我要对阿衣莫提出批评。当然这并不是抹杀你的付出，只是想强调细节是决定成败的关键。”

今天的决定有两个，一个是撤销阿衣莫卫生委员的职务，另一个是新选拔两位同学负责卫生，一位专管包干区，一位负责教室卫生。

“郑老师，还有一件事要解决。”班长林波突然站起来发言，“夏雪儿不太配合我们的工作。”林波似乎积压了很多委屈，夏雪儿不接受班委会的好意。她不关心课程和作业，一个劲地询问学生会里的动态。

“这节班会课，我们先解决卫生工作，你说的问题课后来我办公室反映。”郑老师牢牢把控着课堂的整体走向。

班会课前，她已经找阿衣莫谈过话了。

布艺工作室的事情太多，影响了她班级内部的工作。

“两者选其一，你更喜欢哪方面？”

“我不适合领导大家。”阿衣莫更喜欢刺绣，“虽然我绣的也不好，也没人喜欢……”

“谁说的！”郑老师纠正道，她就买了一块“有点蓝”的杯垫。

阿衣莫低下头问：“真的吗？老师您喜欢吗？”

“纯手工做得很不错呀。”

阿衣莫有些将信将疑。上课铃声响起，她没有继续问下去。

这几天布艺社情况有些复杂，有些同学提出退出。她们认为受到了蒙骗，和社团招新时说的不一样。学习刺绣有段时间了，个别同学水平看起来不错，已经可以独立绣完规则的图案。但是大家的作品都堆在货架上，一件东西都没有卖出，没有分到一分钱。

大鱼老师指出了她们作品中的瑕疵。大部分同学还是初学者的水平，大家的线头没有完全剪平，拉线的力度没有把握好，绣面不够干净。

在大鱼老师眼中，社团里只有阿衣莫基本功过关，刘国琴她们也还可以。其他新同学确实有差距。她把大家的作品拿到室外，对着太阳光看，把绣面上的漏洞一处处指给她们看。

小鱼老师则是给她们讲道理，叫大家耐心点，随着大家水平的提升，相信订单量会增加，集体收益也会提高。到时候每个人都能分到大红包。“有点蓝”是同学们的骄傲，是明州职高的骄傲。

经过两位老师的连番劝导，同学们的情绪稍稍平稳了。可只隔两天，她们陆陆续续都退出了。

现在布艺社又回到了最初的阶段。如果单单从人数上看，还不如当初呢。刺绣的算上阿衣莫一共八人，蓝染的一共十人，加起来十八个。刘国琴开玩笑说她们是十八罗汉。赤木则和李付进连连摆手，这种比喻不恰当。

为了扩大销路和知名度，社团内部开了一次全体会议，大家群策群力。

最后想了三个办法，第一个是摆摊，第二个是改进产品，第三个是拍摄短视频。但是人手不够，精力有限，讨论再三，老师觉得先做前两件事情。等时机成熟了再拍摄短视频，试试短视频平台上的推广。之前还没有看到过类似布艺品通过短视频推广的。

“下周五晚上，我们预约了明州植物园，那边举办文创集市活动，我们去摆摊宣传一下‘有点蓝’的作品。各位凉山同学试试邀请自己的学伴一起。这样人多吆喝起来更起劲。”小鱼老师说。

“我的学伴不会来的。”阿衣莫很肯定地说。

刘国琴吐吐舌头，她同意这个观点。

“试试吧。我们现在不能惧怕任何困难。”小鱼老师说完，从货架上把这些天大家的作品都取出来，一件件点评，一件件分类。

“阿衣莫，图案方面我们一起想想办法，看看能不能有什么新的符合流行审美的新花样。”老师们给了阿衣莫一个重任。

“好，我努力。”

刘国琴负责构思广告语和宣传口号，赤木则和电商专业的同学配合一起绘制展板和海报。

按照学校规定，社团活动每周只有三节课，周一、周三、周五的第八节课。不过布艺社现在几乎天天都会凑到一起。大鱼老师、小鱼老师没空的时候，同学们会自发聚在一起。

刘国琴开玩笑说“有点蓝”可以改名了，改成“有点忙”更好。

“或者叫‘有点烦’。”李付进大笑。

“叫‘有点累’也行。”

“啊，呸！别乱讲。”阿衣莫不喜欢这个玩笑。

大鱼老师和小鱼老师商量了很久，决定对布艺社和“有点蓝”这个项目做调整。在学校的支持下，她们以“有点蓝”为名，正式申请了商标。

阿衣莫没猜错，她的学伴确实没办法参加文创集市。

因为九花组闯祸了。

这次是不可挽回的大错。袁馨秋从没想过自己会栽这么大的跟头。

阿衣莫被撤去班干部后，九花组针对她的行动暂停了一段时间。一切风平浪静，大家的注意力被运动会和即将到来的期中考试吸引。这时九花组QQ号收到了一封红笔写就的求救信，信的末尾还按了一个鲜红的手印。

红色太有冲击力了。九花组的同学们把它当作血书来阅读。

“你们是我最后的救命稻草。他们对我的欺凌已经达到罄竹难书的地步！”这是信里的第一句话，一下子揪住了所有人的心。

这位女生没有透露自己的真实姓名。她给自己取的化名叫竹叶鬼。这是《子不语》里记载的一种特别胆小的妖怪，害怕的时候会变身成为一只萤火虫。

“我就像竹叶鬼，恨不得天天躲在空中，钻到地缝里。”

竹叶鬼同学说欺负她的人有三个，刘恩赐、章玲、谢天波，这三个都是真名。自己不知道哪里得罪了他们。

“处处针对我。他们造谣说我抄作业，说我考试作弊。专业实训课的时候有个环节是小组内同学互评，他们给我打了最低分。”

竹叶鬼说自己求饶了很多次，但是他们没有放过她的打算。

她列举了很多内容。

“公共美术课需要交绘画作业，章玲故意在自己的画背面涂上颜料，再假意帮我交画，然后将自己的画放在我的上面，我的作业彻底被毁了。”

她一共罗列了二十多条，最让袁馨秋在意的是倒数第五条。

“他们还嘲笑我的家庭，说我是穷鬼。”

竹叶鬼同学发送了许多和那三名同学的聊天截图，用来证明自己的遭遇。

根据这封信的描述，竹叶鬼同学现在陷入了极度焦虑，甚至有自残的行为。九花组立刻召开紧急会议，讨论救助事宜。

她们在QQ空间发表日志，揭露这三位同学的丑陋行径。为了扩大影响，她们还把内容发到了微博、贴吧和小红书上。在线下她们也准备了举报信和“充满正义味道的警告信”。叶芊芊态度最激进，她怕组里人手太少，找到了自己的初中同学、小学同学一起帮忙。

事态的发展没有按照预想的进行。九花组没有收到想象中的赞誉。

五天后的一个课间，旅游2班门口突然出现了两位民警。他们身穿警服，叩响教室门，在班主任老师的陪同下喊袁馨秋出去谈话。叶芊芊等九花组成员也受到了同等待遇。出于对未成年人的保护，民警同志没有直接把她们带回派出所。

经过一对一单独询问，事情的来龙去脉逐渐清晰。

真正的受害者不是竹叶鬼，而是那三名“施暴者”。他们遭到了诬陷。

竹叶鬼对这三名同学怀恨已久，在班级里多次与他们发生冲突，她心有不甘，决定利用九花组给他们制造麻烦。

“现在情况很清楚，你们上当了。”谈话结束做完笔录后，民警把学生处老师、班主任和九花组全体成员叫到一起，“这次我们接到了刘恩赐同学和章玲同学的报案，说是有人在网络上制造谣言，诽谤他人。经过调查发现谣言的源头来自一个学生自组织，九花组。”

袁馨秋盯着警察叔叔的制服时不时发呆。民警告诉她们，竹叶鬼发给她们的聊天截图都是假的，是通过PS技术伪造的。

“我能理解大家的心情，也很欣赏大家对公平正义的维护。但是这样的方式有待商榷，不然很容易被坏人利用。”

警察叔叔已经确认了竹叶鬼同学的真实身份，她会被带到所里接受进一步调查。

这件事情严重损害了九花组的声誉。

学校要求她们立即解散这个非法的秘密组织。

“可以通过其他更合理的方式反映情况。你们的很多行为实质上就是打着维护公平的名义，做着践踏公平的事情。惩罚其他同学难道不算校园欺凌？应该由学校来处置。”这是老师们的意见。

袁馨秋没有采纳。反正都是秘密组织，真解散还是假解散，老师又不知道。可是部分成员萌生退意，她不得不同意。九朵花只剩下了三朵。

这次事件发生后，学校思虑再三，决定从严处罚。按照校纪校规，给予这八名同学记过处分，罪魁祸首号称竹叶鬼的同学被给予留校察看处分。

消息传播得比长了翅膀的鹰隼更快，事情的经过七七八八很快在同学间传了个遍。本以为九花组好不容易积攒下来的声誉这次会被彻底毁掉，可谁承想QQ号里的粉丝量迅速攀升。原先只有两百多人，这短短四五天直接翻了倍。

郑老师似乎看穿了袁馨秋的小心思，没等她喘口气，立刻有了新动作。

她把袁馨秋和阿衣莫叫到了一起，表明了自己的态度。

郑老师希望袁馨秋可以有地方投入剩余的精力，避免重蹈覆辙。

“你可以加入布艺社。”

“我不会刺绣！也不会染布！”袁馨秋很反感和阿衣莫凑在一起。

“不会可以学，没有谁生来就会。”郑老师的这句话很耳熟，袁馨秋想起自己遇到的每个老师好像都说过。

“我想一个人静一段时间……郑老师，这次犯错了，我也想好好反思自己。”袁馨秋希望靠示弱博得老师同情。

“反思可以慢慢来，这是一件持久的事情。现在九花组没了，你有空余时间了，可以培养新的兴趣爱好。”

郑老师认为处理九花组事件最好的办法不是批评指责，也不是纪律处罚，只要忙起来就可以了。

在老师们的反复劝说下，袁馨秋终于答应先尝试一星期。如果实在不喜欢，她可以随时退出。

“你们是学伴，之前我们强调的是本地同学对凉山同学要关心爱护。其实这是双向的，阿衣莫，接下去你要好好帮助袁馨秋。”

郑老师对阿衣莫也提出了要求，谈完话当着两位同学的面，给大鱼老师打了电话。打完后亲自陪着她们去了布艺工作室。

“走吧，一起去看看。”

袁馨秋跟在阿衣莫身后。有些腥臭的染料让她接连打了好几个喷嚏。

轻抬柔荑慢拂指，一针一线绣世界。老师离开后，她们就像机器人一样，始终保持一米多的距离，一个说一个听，没有问话没有回答。

一根绣针、一团彩线、一块蓝布，静下心来，针尖“生花”，彩线轻引，一幅幅栩栩如生、惟妙惟肖的图案跃然绣布之上。“有点蓝”的魅力就在于此。

今天时间不多了，阿衣莫加快语速，又从货架上拿了一些刚入门用得到的工具，顶针、绣棚、颜色卡、绣线器。

“绣线按颜色挂在了颜色卡上。用线时，你按需要的股数抽出，抽线的方法也很简单。一只手捏住粗线，另一只手揪住一股线往上拔。抽完线你还要捋直剩下的线，不然会弄得一团糟。”阿衣莫说。

“你说得慢一点，我反应慢。”袁馨秋忍不住抗议。

“不会呀，上次在报告厅你‘喷’那个职业生涯规划方面的辅导专家时反应不是挺快的吗？”

“哦，你是在夸我？”袁馨秋的目光柔和多了。

“你先试试找图样，拓图，配色。刺绣考验耐心，过程中还需要频繁更换不同颜色的线，有时单股刺绣，有时双股刺绣，有时需要混色刺绣，不完美的地方需要拆掉重来。”阿衣莫说。

九花组其他几位组员大多和袁馨秋的遭遇差不多。

她们都被安排了新的任务。自从那起事件之后，九花组名存实亡，没有再开过例会。地下车库附近的楼道里新装了两个摄像头。

第十章
乔迁新居

袁馨秋：

你不要以为在信里面发了几句哈哈哈，我就真的会以为你很开心。你骗得了我吗？你骗得了自己吗？

至于你说的关于人生的观点我不同意！你的人生上限和房间没关系，和天花板也没关系，如果你希望，如果你努力，我相信会是一片旷野，上面还会开满鲜花。

生活总是这样，不可能事事如意。我们不再是小孩子了。不如意的事情终将过去，幸福是靠双手打拼出来的。

这不是大道理，是我的真心话。我现在的幸福可以靠自己绣出来。

你还记得那些老同学吗？赤木则和李付进在认真准备专升本的考试。她们的目标就是你现在的这所大学。你多厉害呀，全省专业第八，一次性就考上了本科。她们可羡慕你了，埋头努力，距离考试还有两个月。

还有尔古日木，他当上了他们校篮球队副队长。

大家都在努力，你要起带头作用。

还有猫怎么可能不喜欢你！我记得你和猫咪很有缘分的。不要胡思乱想！

阿衣莫

皎洁的月光照在身上，有淡淡的寒意。散居的几只小动物感受到了气候的变化，从围墙旁的小洞钻进校园。茂密的草丛比湿滑的河滩地更暖和。

这天晚自习下课，大家发现了这些不速之客。

“有猫！”

“哇，好几只小猫呀。”

几声惊叫驱散了积压在眉梢的疲惫。躲在草丛里的野猫成了同学们的“明星”。大家呼朋唤友很快就把“大圈”压成了“小圈”。猫咪滚圆的淡蓝色眼珠在黑夜里散发着幽幽的光芒。

是一只母猫，带着三只小猫。

猫咪怕生，见到生人靠近，一头扎进灌木丛。直到人群渐渐散去，它们才重新回到光亮处觅食。

袁馨秋静静地注视着它们。她第一眼发现里面最小的一只黄棕色野猫，大小如床头柜上的台灯，头很大，身子小。最明显的是它的耳朵。只有一个，少了左耳。

她走进草坪，想近距离查看小猫的伤口。可是小猫噌的一下没了踪影。灌木丛太黑了，即便有同学拿出偷藏的手机，打开内置的手电筒，也看不到它们的身影。

袁馨秋想起寝室里还有自己偷偷留下的肉松面包，连忙跑去拿。等她回来的时候，发现阿衣莫、刘国琴、赤木则和李付进已经抢先一步在投喂食物了。小猫害怕人，迟迟不敢走出灌木丛。临近熄灯，刘国琴她们有些等不及了，先回寝室洗澡了。只留下阿衣莫和袁馨秋。

“你也喜欢猫咪吗?”

“挺可爱的。”

“你在喂什么?”袁馨秋问。

“饼干。”

“试试面包吧。”袁馨秋把手里的面包分给她一半。夜色遮住了阿衣莫的表情。她蹲下身子，嘴里发出嗦嗦嗦的声响，晃晃手里的面包屑，想招呼猫咪靠近。

“这样没用的。”袁馨秋拿着另外一半面包，弯下腰走到草坪中央，借着幽黄色的路灯，把面包撕成碎片，将一条条肉松放在最外面。肉松的味道应该可以吸引小猫。

做完这一切，她们远远躲开。猫妈妈带着三个孩子出来了。猫妈妈黄背白肚，身材有些臃肿，步伐摇摇晃晃。这一次袁馨秋看清楚了那只小猫咪左耳处的伤口，坑坑洼洼，隔着好几米远能看到伤口的边缘不规则。很像和其他动物打架撕扯留下的伤疤。

没了耳朵它应该还能听得到声音吧。她努力记下这只小猫的长相和细节。袁馨秋想用硬纸板给这只小猫咪做一个假耳朵。

此时远处飞过一架直升机，嘟嘟嘟的引擎轰鸣声吓得猫咪又回到了灌木丛。袁馨秋这才想到回寝室。

“登记一下你的姓名和班级，今天要扣分了。说了多少次了，安全第一，纪律要注意，统统当耳旁风。”

阿姨骂骂咧咧地唠叨。她的脑袋上还有没洗干净的肥皂泡。

“郑老师您说的办法我们用过了，不管用！现在夏雪儿干脆不回复我消息了。”林波也有些唠叨，一句话能反反复复地讲。

郑老师简单查看了聊天记录：“你们怎么说的都是作业和学习，其他内容没问吗?”

“我问了身体怎么样了，可是她没理我。”

“哎呀说话不能这么生硬，要委婉点，讲点策略，可以说说天气、饮食、兴趣，就是关心她。”

“我是班长呀，说话代表的是班级。”林波拿自己的身份当借口。郑老师看着一脸茫然的林波，打算把这个任务转交给阿衣莫。

没想到林波立刻改了口：“郑老师没事，让我再试试吧，这次我们按照您说的方法改变策略，一定把事情办好……阿衣莫最近也挺忙的。”

郑老师看着林波浅浅点了一下头。

阿衣莫的确进入了异常忙碌的阶段。小鱼老师给她额外布置了三项比赛任务。一项是市里中学生文明风采比赛，里面有一个创意手工的赛项。一项是长三角民间艺术博览会，面向社会公开征集参展的优秀作品。最后一项是两位老师最重视的中国国际纺织品创意设计大赛。

三个比赛一个比一个难度大。

“这好比是爬楼梯，我们慢慢来。”小鱼老师说的“慢慢来”和阿衣莫理解的“慢慢来”不是一个意思。

每个比赛都要交作品。阿衣莫花了五天的时间才完成用于市里比赛的作品。她绣了一幅自己最熟悉的山水图。小鱼老师把图案设计成水墨画的样式，有近山和远山，取消了波浪的花纹。阿衣莫最习惯用曲线代表流水。这一次她把水面留成“空白”。

“取个名字吧。”

“好山好水。”阿衣莫不擅长取名。

“不够好听。”

“山水？”

“也不好听。”小鱼老师想了很久，决定引用“春江花月夜”这个名称。她叫阿衣莫再绣一个月亮上去。

《春江花月夜》是小鱼老师最喜欢的唐诗。加上月亮后，这件作品同古诗里的场景就很像了：滟滟随波千万里，何处春江无月明。江流宛转绕芳甸，月照花林皆似霰。

“用于比赛的作品，我们要追求内涵和艺术性。用于销售的作品，我们要追求实用和整体的美观性。”小鱼老师的话启发了阿衣莫。

下一个长三角民间艺术博览会，她的作品主题是风景。前阵子的公共艺术课上，老师带她们看了很多风景画。阿衣莫想起自己跟着妈妈学彝绣的日子，她们也会谈论风景，然后静静地用手上的针线去勾勒美好的画面。

“我想画海岛可以吗？各式各样的岛聚集在一起，配上蓝天白云。”

长短不一，形状不一，颜色不一，脾气不一，岛屿可以和人一样。

那么无边无际的海，数也数不清的岛屿，这幅作品的名称就叫《无边岛》吧。

这个想法得到了小鱼老师的肯定。

“别太累了。”

“空的时候我绣点好看的能卖掉的作品。这也是放松。”

阿衣莫这几个月已经把图书馆里能借到的和刺绣有关的书都看完了。说来也奇怪，书上复杂的针织花纹在她眼里似乎都有了灵魂一样。她仿佛能清楚地看到这些图案从纸上跃起，它们慢慢转身，展示自己的每一个细节。她可以想象出针线穿过布料，在指尖飞腾，然后复制出这些图案的过程。

“还有网上刺绣的课程，过阵子我再去找一点期刊给你带过来。”小鱼老师嘱咐道。

阿衣莫所学的彝绣只是刺绣领域中的一个小分支。刺绣在中国已经有数千年的历史了。不学不知道，仔细看了吓一跳。阿衣莫最近才知道刺绣还有这么多相关理论知识和看起来很深奥的技法。

比如绣线，有纯棉细绣线、纯棉粗绣线、合股线、麻线、真丝线。

比如绣针，针尖越细越长越好。

还有绣法，错针绣、乱针绣、网绣、满地绣、影金、盘金、铺绒、刮绒、戳纱、洒线、挑花……阿衣莫还是习惯做自己最擅长的事情，对于不擅长的，她安慰自己还是慢慢去接触。

揉揉发涨的太阳穴，她走出工作室，嘴巴有些发干发苦，想起最近没有往饭菜里添辣椒，突然特别想家。

周末回家，袁馨秋发现爷爷在家里的时间越来越短。楼下车棚里堆满了他捡来的矿泉水瓶、硬纸板和宣传单。

爷爷似乎很熟悉这些物件，会用水把硬纸板和报纸浇湿浇透，然后再放到太阳底下稍微晒一晒，确保表层的纸张干燥如初。这样可以增加重量，去回收站多卖一点钱。但是这个方法被用滥了，知道的人太多。回收站发现了爷爷的小动作，拒绝了他好几次。

爷爷只能见缝插针重新把这些纸板拆开晾干。他的腰有伤，分拣硬纸板的时候只能蹲在地上，慢慢移动，像一只笨拙的长满皱纹的牛蛙。

被袁馨秋发现后，爷爷叫她赶紧离开。

“这发霉了，都臭了，味道太重，对小孩子不好!”

“那你多闻闻，对你有帮助。”袁馨秋捡起几块纸板丢在爷爷面前。

爷爷有些脸红，站起身来，两只手背到身后，在裤缝上蹭了蹭。

他跟袁馨秋解释，自己最想干的其实是外卖员。可惜不会操作手机。爷爷私底下找了十几个外卖员请教，从注册到抢单，学了好多遍却还是记不住操作步骤。后来好不容易记住了，系统提示他年龄太大，无法注册成为骑手。

“爸爸妈妈是不是已经回来了。”袁馨秋问。

“应……应该吧。”

袁馨秋等着爷爷继续说。可他迟迟没接过话茬。袁馨秋的心一点点沉下肚子：“耳蜗手术是不是不成功？”

“这个……我没问。别想这些了。”爷爷结巴了一会儿，然后继续开始讲道理。他一会儿收拾餐桌，一会儿去看看厨房。奶奶不在了后，爷爷才开始做家务，动作不熟练。他分不清洗碗布和擦锅布，他不习惯同时煮两个菜，总有一个煤气灶是空着的。

见爷爷这架势，袁馨秋知道了答案。

“她现在……其他方面还好吗？”

“你说谁？”爷爷没敢看袁馨秋。

袁馨秋白了爷爷一眼，没有继续追问。

“你还是别想送外卖的事情了。人家都是开电瓶车的。”袁馨秋对爷爷说。爷爷没开过电瓶车，只对骑三轮车和自行车有经验。说完一个人回到卧室，锁上了门。

阿衣莫把寝室门敞开，用椅子抵住。回到座位后不放心，又去推推门，让门稍稍关小一点。

今天是周六，寝室里可以使用手机。她给妈妈打了视频电话。

通过摇摇晃晃的手机前置摄像头，可以看到雪白的墙壁。亮堂堂的日光灯照亮了平整的水泥地板。新房子里没有泥地，妈妈在客厅里铺了大红色的地毯，弟弟妹妹光脚站在上面。

“妈妈，新家的灶台给我看看。”

“还有卫生间，衣柜有吗？”

阿衣莫声音很响亮，似乎希望周围的人，包括隔壁寝室的人都听到。

“面积有多少？”

这个问题妈妈没法回答。

她拿着手机在屋子里走了一圈。推开一间间房门，把里面的空间展示给阿衣莫看。阿衣莫的眼睛在发光，她非常渴望拥有一间属于自己的房间。新房子一共有三间卧室。

“你和妹妹一间。”妈妈的计划是一间给他们两口子，一间给弟弟。

“哦哦。”阿衣莫眼中的光芒在慢慢散去。

妈妈还在讲述以后的规划。阿衣莫已经高一了，再过几年就要嫁人了。那时妹妹也要去念初中，说不定也会寄宿。到时候家里就空了。那间卧室可以拿来派别的用场。

“没事，妈妈。那弟弟一间房间吧。我和妹妹一起，可以的。”阿衣莫重复了一遍，希望打断妈妈的自言自语。

妈妈没有意识到这一点，还在继续讲。阿衣莫把手机的音量逐渐调低，站起来把寝室门关了起来。

寝室里还有两个室友，一个在做作业，一个在看小说。她决定逃去厕所继续打完这通视频电话。

挂掉电话，阿衣莫重新翻出脸盆，倒满水，静静注视微微浮动的水光。今天的自来水好像有一股淡淡的消毒水的气味，不知道是不是心理作用，她觉得这盆水不干净。她把水全部倒掉，又倒了一盆，一连重复了三次。

她很想让自己重新住进大海。看看时间，一会儿要去吃晚饭。吹风机的声音太大，会被室友听到，不能找洗澡作为借口。这个时间点洗澡太奇怪了。

阿衣莫浅浅洗了一下脸。

刘国琴敲敲厕所门，唤她去学校外面庆祝庆祝。

“搬新家是大事，值得高兴。”刘国琴说。很多人都听到了阿衣莫的那通视频电话。她昨天找郑老师批了假条。可以往假条上偷偷加几个名字。刘国琴很擅长模仿郑老师的字迹。

“可以。”阿衣莫回答。

“去吃西餐吧。我们一起凑钱，肯定够了。”加入“有点蓝”团队后，布艺品的销售给同学们也带来了一些收入。腰包鼓了，出校门的次数就增加了。

刘国琴说得没错，搬家值得开心。

“阿衣莫，以后我能去你家参观吗？”赤木则问。

“当然了。”

“那能和你一起住吗？一起聊天，一起用那个……煤气灶做菜？”

“当然……”这次她回答得有点犹豫，卧室里睡两个人可以，再多就没位置了。

刘国琴马上接上话茬，大家可以一起在客厅里打地铺。

阿衣莫的眉头渐渐舒展。她想起以前在老房子的时候，妹妹的朋友在家里也打过地铺。

“打地铺可以，我们所有人睡在一起，团成一个大大的粽子。”

是的，这是我的家，做这些都没问题，阿衣莫觉得刚刚自己想太多了。

刘国琴提议的西餐是指汉堡、薯条。她们寝室所有人都同意。

学校周边有一条小吃街，有一家综合性商场。阿衣莫她们把这几个地方逛了个遍，找到四家能买到汉堡的店面。经过认真讨论，大家决定对照手机里网友的评论，把几家店的价格比较一下。

“挑一家最便宜的。”

“然后把里面好吃的统统点一遍！”

她们凑了一百多块，买了好几种味道不同的汉堡、薯条。其他的她们没有点。服务员说有套餐，阿衣莫摇摇头。旁边的顾客有人在啃香辣鸡翅，刘国琴吞吞口水，害怕钱不够。

店门口有自主点餐的电子屏，大家都没操作过，你看看我，我看看你，谁都没说话。最后是刘国琴走到柜台前，她不敢耽搁太久，草草说完需求，躲到了一旁。

她们叫李付进去找一把刀，准备把汉堡切开，这样大家都能尝一尝不同的味道。

李付进为了省钱，买来了美工刀。薄薄的刀片上带有铁锈。刘国琴拍拍额头，赤木则埋怨了李付进好几句。

“没事没事，我们就用自己的力量。”最后她们用手把汉堡撕成了很复杂的不规则图形。

学刺绣的过程对袁馨秋而言无比痛苦，她很羡慕阿衣莫。

不知道从什么时候开始，阿衣莫脸上的笑容多了。她好像和布艺工作室里的每一个人都很熟悉，包括大鱼老师、小鱼老师。

这一切像极了夏天变成秋天，没有一个很明显的转折。可能是几场雨，可能是几次落日，气温就莫名其妙变低。她们之间有说不完的话。李付进和赤木则唱歌的时候，阿衣莫会给她们打拍子，会跟着哼。可袁馨秋一秒都不想待下去，闭上眼睛，密密麻麻的针线交织成噩梦。线是组成绳索的材料，针像极了漫天冰雨，逃不掉，会被扎成刺猬。

她学不会那些步骤，听不见老师口中的要领。漫天的冷雨，手里的飞针，她一次次深呼吸，幻想自己长出翅膀，一次次握紧手里的针线，希望它们能回归最原始的模样。针就变回铁矿石，回山里隐居，线就变回蚕丝，或者桑叶也行。

终于她想累了，咬住后槽牙，把针尖刺进了食指指尖。

啊——

钻心的疼痛让她不自觉大叫起来。周围的同学连忙围了上来，老师拿来碘伏和创可贴，简单处理了伤口，反复叮嘱了一会儿。

这样可以休息几天了。

袁馨秋明白自己只要循环往复多“受伤”几次，就可以名正言顺地逃离这些针线。可是扎指尖太痛了。电视剧里的桥段不能轻易模仿，她自我告诫。袁馨秋在网上找了手指上最不痛的部位，思考许久，终于决定把大拇指的皮肤挑破。银针不能太深，挑破后再挤出一些血，看起来会特别吓人。

她下定决心，五天后又上演了一次苦肉计。老师批评了她，叫她记住操作要领，重新学习针法。

又过了一星期，她如法炮制。这一次小鱼老师终于松了口。

“袁馨秋，你换一个任务吧。和电商的学生一起去运营网店。那边也缺人手。”

袁馨秋松了一口气，阿衣莫也松了一口气。工作室里没有袁馨秋，她就不用一直伪装自己了。

没人注意她的时候，她悄悄在绣桌布。她没用蓝布。从外面买了几块黄色的手帕，在上面绣图案，想寄回家，让弟弟妹妹放在客厅里，给新家做一些装饰。寝室床底下还藏着好东西。一个塑料盒里放满了她从海边收集的各式各样的小贝壳。仔细算算，自从去完海边，她没再让自己“住进大海”，脸盆的作用只有洗脸。

第十一章

彝族年

阿衣莫：

你记性确实不错，我有点记起来了。很高兴能听到赤木则和李付进的消息。帮我转达我对她们的鼓励。我在这里等着她们，期望考试一切顺利。

这么算来好像我也快考试了，如果我做一头倔驴，不改变主意的话。

我设计了图案，画在这封信的背面。你看看喜不喜欢。它的原型来自我们以前的一张旧照片。你能认出来吗？

阿衣莫，你相信平行世界吗？这个概念很复杂。简单来说，同一时刻，在我们之外的其他地方还存在着另一个我们，在干着不同的事情。也就是说存在着很多个地球，每一个地球都有一个自己。也许在这个世界，我们不高兴，面临着很多困境，可是在另一个世界，我们正在旅行，在度假，在和家人聚会。

这么想想，好像短时间的不开心和压力也没什么大不了了。

你在朋友圈里新发的几件作品颜色不错，应该有很多人喜欢吧。

阿衣莫，我突然发现自己现在没什么朋友，但是我并不为此感到难过。这说明自己变强大了。

好了，今天就写这些了。我们学校法学院有一个辩论比赛，我想去观摩一下，看看高手的风采。不过外面下雨了，好想吃肉，好想喝冰可乐，哈哈，我找找伞在哪里。

袁馨秋

彝族年快到了，学校策划了一系列的庆祝活动。尔古日木不知道从哪里找来一把杀猪刀，又从食堂后厨顺了两件橡胶围裙，嘴里不停嚷嚷着要宰年猪。他和同学们打赌庆祝活动里肯定有宰年猪这个环节。

上星期郑老师向他们征求意见，询问有没有特别想参与的彝族年活动。尔古日木第一个举手。他一口气说了五分钟关于宰年猪的要点。

郑老师频频点头，说会跟学校建议的。

尔古日木等了三天，没有等来郑老师的回复。

“郑老师，过年的时候有猪吗?”他选择闯进办公室追问。

“当然，你们爱吃的都会有。”郑老师以为他问的是猪肉。

她正忙着整理班级同学们的心理健康档案。

尔古日木连连道谢。回到教室，他给阿衣莫和刘国琴布置了任务。过年的时候多叫些女生过来观看，一起热闹热闹。尔古日木推测庆祝活动会安排在中午太阳高照的时候。

“那天周五，肯定人多。”尔古日木说。

“得了吧，我看你是想让我们去喊雨婷过来看吧？”刘国琴打趣道。

“你说什么呢？别乱说。”尔古日木脸瞬间涨得通红。鼻头发痒，两只手不停揉搓。

在大凉山，过年的第一天叫“库施”，第二天是“多博”，第三天叫“博基”。

第一天清晨，太阳还没跃过地平线，男人们会在家门口挖灶烧水，等待杀年猪。尔古日木家习惯把宰杀的猪平放在泥地上，然后用蕨叶把年猪盖起来。干燥的蕨叶堆放得高高的，能听到扑簌簌的声响。

用引火纸点燃蕨叶堆，灰黑色的烟雾腾起，火焰蔓延，像一个长满触角的火球，不规则不热烈。蕨叶被火焰吞噬的同时也燃尽了年猪身上的毛发。最后留下黑黑的焦痕。经过近一个小时的烟熏火燎后，人们再用刀刮去猪身上的黑灰。尔古日木赞同长辈们的看法。这么处理的猪肉，更好吃。

可是像阿衣莫这样的同学不少。她们倾向于用开水烫毛。

“我打赌，学校肯定把杀年猪安排在周五一早上。”尔古日木的语速越来越快。至于地点嘛，他觉得草坪上正合适，不过草坪边缘种了一点鲜花，会影响他们抓猪。

“好了，别赌了。你这几天打了几个赌了？下了多少注了？”刘国琴摇摇头。之前尔古日木只有体育课上才会活跃些。最近只要是课间他就有说不完的话。多亏他，全班同学都知道了凉山年夜饭要吃哪些东西，酒、坨坨肉、荞粑和大米饭。

学校还想组织一场新年晚会。刘国琴提议合唱彝族歌手海来阿木的《三生三幸》。她非常喜欢这首歌，本想约好时间好好排练一下，可尔古日木一直推托自己没空。

“不行，必须叫他一起来。这首歌里必须要有男声配合。”

就在阿衣莫她们思考应该如何劝说尔古日木时，楼道里传来尖叫和吵闹声。

有人在呼喊，杀人了杀人了。

“现在有一男的拿着杀人刀在学校里晃悠，好像在四处搜寻目标。”林波作为班长跑回班级维持秩序，叫大家不要随意下楼。

此言一出，教室里顿时乱成一锅粥。同学们有摩拳擦掌的，有静静粘在座位上的，还有的在讨论哪一层楼的厕所比较隐蔽、比较安全。

反正下节课肯定不用上了。

下楼的同学先是往乱哄哄的草坪方向跑去，后来在好奇心的驱使下，下楼围观的学生愈来愈多。

“这是杀猪刀，别乱喊！怎么的，你是把自己当猪了吗?”

要刀的正是尔古日木。

今天早上起床，他突然有了新想法，决定把围裙和杀猪刀带到寝室外。课间的时候，他走到草坪拿低矮的灌木丛练手。周围很多人围观，他没有抬头，手上的动作越来越快，好几次故意夸大动作幅度，轻轻松开刀柄，仿佛一切都在掌控中。他的嘴角高高扬起，这种感觉比在球场上更叫人爽快。

终于他在人群中看到了一个熟悉的身影，好像就是那个名叫雨婷的女生。她一闪而过，离开了尔古日木的视线。

围观的人群眼看要把整个草坪包围起来时，尔古日木故作惊讶，怎么这么多人。然后一个人慢悠悠收起刀具，踢踢砍碎的枯枝烂叶，头也不回地走了。任凭耳畔全是叽叽喳喳的讨论声，他吹起了口哨。学生会纪律部的同学看到了他的行为，但没人敢上来阻止。

第二天他还想故技重施。这一次被学生处逮了个正着。在众目睽睽下他主动把杀猪刀交给学生处老师，表情很轻松，还嘱咐他们要小心点。

“老师你不熟悉它，容易弄伤自己。”尔古日木嘱咐道。

再过两天就可以过年了，到时候老师一定会把这把刀还给自己，尔古日木又吹起了口哨。

“你这个学生态度太恶劣了。到现在还一副无所谓的样子。”学生处老师立刻拨通了班主任的电话。

“我只是提前为过年做准备。”尔古日木冷静下来想要解释一下。

“学校里没有这项安排。这个项目太危险了。”学生处老师向他说明。

“这是个误会。这次就算了吧。”郑老师过来后说了很多好话。经过学生处同意，郑老师把尔古日木领回了自己办公室。

郑老师没有批评尔古日木，叫他一个人在旁边朗诵《学生手册》，要求是有感情、有觉悟、有声势。

“是朗诵，不是念。语速慢一点。”郑老师布置完任务就走出了办公室。

等她回来的时候，办公室里的朗诵声已经停了。

“你杀过猪吗?”郑老师问。

“当然……”尔古日木没想到郑老师会这么问。他准备的说辞是嗓子痛，没办法一直大声朗诵。

郑老师拍拍桌子，让他打起精神：“我给你家里打电话了。他们说你从来没宰过年猪。”

“啊——”

“你说实话。”

“我杀过的……我出过力。”

郑老师盯着他，没有说话，周围陷入久久的沉寂。

“你撒谎了吧?”郑老师问道。

这次尔古日木保持了沉默。他确实没有亲手用过杀猪刀，只当过看客。

“把刀放这里，回去写个检讨书。你得提高一些安全意识!”

“那这件事情可不可以不告诉任何人?”

“这么多人都看见了，瞒得住?”郑老师紧皱眉头。

尔古日木说的是自己没亲手杀过年猪的事情。

郑老师愣了愣，答应了这个请求。

彝族年的那一天，凉山同学停课休息，“有点蓝”团队也停下了所有工作。在老师的组织下，他们和学伴们一起在食堂里自制荞麦饼，围在桌子上吃坨坨肉。考虑到安全问题，杀年猪的环节没有被保留。桌子上摆满各式各样的调味料。

学校听取了个别同学的建议，给大家安排了几个大火锅，里面是骨头汤，煮的是蔬菜和牛羊肉，满满当当堆成小山。

因为有记者突然来采访，晚会流程临时有了变动。节目表演前增加了两个新环节。一个是给家里打电话聊家常，另一个是说说自己的新年愿望。

阿衣莫犹豫很久，没有拨通电话。刘国琴她们没聊多久一个个眼泪鼻涕一大把一大把往下掉。说愿望的时候，摄像机对准了她。

“我希望可以让‘有点蓝’声名大振。”阿衣莫小心翼翼回答。

开小差的还有袁馨秋。她早就以上厕所为借口溜到了外面。她兜里装着一个鼓鼓的塑料袋。里面盛的是晚饭剩下的鱼骨头和肉骨头。

喵喵——她蹲在草坪里呼唤那几只可爱的野猫。

突然，那只独耳小猫直接蹿到了她面前，她一紧张连忙用手挡下了它。独耳猫不甘示弱，一口咬破了袁馨秋的手背，留下了浅浅的牙印，一点点渗出血渍。

晚会现场很热闹，凉山同学拉着学伴跳了好几个集体舞蹈。

尔古日木今天特别积极，每一个互动游戏他都主动报名。他不停地观察郑老师，很害怕自己没有宰过年猪的事情被其他人知道。

新年到了，学校给同学们准备了零食大礼包。阿衣莫把好吃的挑出来放进了橱柜。刘国琴偷偷给自己准备了一件新年礼物。她看到隔壁班有女生在厕所用绿瓶包装的漱口水，便记下牌子，在网上买了一款规格最小、价格最便宜的。

前段日子和男生讲话，刘国琴发现有一次人家摸了摸鼻子，皱了皱眉头，怀疑是自己有口臭。网上说漱口水比牙膏更能盖住不好闻的味道。她把漱口水的包装标签仔细撕下，放在牙杯后面。

彝族年期间，“有点蓝”团队全员休息了一星期。袁馨秋的任务分工调整了，被安排和两个电子商务专业的同学一起负责网络销售。目前需要处理的事情不多。制作海报、维护网店页面，电商专业的同学比较擅长。

袁馨秋负责回答顾客的线上提问。有时候一天都不见得有一条提问。他们的工作地点在电商实训室，位于实训工厂四楼，五十平方米的房间里摆满了电脑。她可以名正言顺使用手机和电脑了。可是偷懒久了，她的心底涌起一股负罪感。

看到那两名电商专业的男同学在拍摄产品照片，在设计“有点蓝”的海报，她主动凑了上去。这两名男生一个叫谭少云，一个叫沈斌。他们是小鱼老师专门找电商专业的老师请过来的外援，负责“有点蓝”的网络店铺的运营，提供技术支持。

她从没用过单反相机，想问问传说中的调光圈、调参数是怎么一回事，应该怎么操作。虽然这些同她的梦想无关，但是她不希望自己显得过于空闲。

两名同学态度非常冷淡，强调这是他们电商专业学的内容，不适合袁馨秋这种旅游专业的学习。

毕竟隔行如隔山。

当然这不是真正的原因。袁馨秋动动脚指头，也能猜到大概率和他们对九花组的反感有关系。她没有放弃，主动给两个男生买了饮料示好。

可是这些举动在谭少云看来充满着功利和心机。他更不愿意和袁馨秋聊天了。“我们很忙的，你还是不要打扰我们了。要是再过一阵子店铺还是运行得不好，老师肯定要批评我俩，反正这个板子打不到你的头上。你就好好忙你自己的事情吧。别往我们身上扣帽子，我们胆子小。”他的最后一句话意有所指。

谭少云的这句无心之言说准了。

接下去的半个多月，网店的销售数据依旧低迷。同学们完成的绣品快堆满货架了。长时间的投入没有见到成效，大家都有点泄气，都想知道问题出在哪里。

刺绣的同学责怪染的布不够细腻有特色。染布的同学觉得是刺绣功夫不到家。大家互相指责半天，又不约而同地认为网店的营销和管理水平不够高。

团队里的气氛越来越奇怪，老师们不得不召开一次全体会议。

小鱼老师提出了一个新观点，问题可能出在产品照片，不够美观，她们都是用手机拍的，光线、色泽没办法突出图案的精美，于是从外面请来专业摄影师拍摄产品照片。

袁馨秋的观点更加奇特。

“是不是我们选错了平台？”网络购物平台这么多，喜欢布艺品的总归是少数。不应该选择普通的购物平台，最好能够找到布艺品爱好者扎堆的地方。

“不会吧，大家应该都会喜欢。”

“不一定，我就没什么感觉。”

袁馨秋的话让小鱼老师语塞。

“接着说。”大鱼老师点点头。

“喜欢布艺品的大多是女生。然后是那种性格温和的女性，年龄不会很小。当然这是我认为的，不一定正确。”袁馨秋发现小鱼老师的脸色有些难看。

“这个我们考虑过了。潜在消费对象确实和你说的差不多。女性为主。但是她们也会逛那些购物平台呀，按道理也看得到。”

一时间大家都没有再说话。谁都不敢正面和老师唱反调。

大鱼老师希望大家畅所欲言，现在大家不是老师和学生的关系，是工作室里的合作伙伴，是平等关系。集思广益才能解决现在的困境。

“袁馨秋，你们九花组一般怎么活跃气氛?”小鱼老师问。

“我们……没有发言顺序，一般每个人都要轮流说话，开会前会高喊口号。”袁馨秋回答。她不愿意在这样的场合提起这些事情。

“那好，那我们也参照这个方式，大家挨个发言。不要有顾虑!”

要不看看其他布艺品商店怎么卖?

可以去旅游景区推销摆摊，效果好。

对，可以挑一个古色古香的地方，那里和“有点蓝”这种布艺品的风格搭配起来更合适。

袁馨秋灵光乍现：“有没有布艺品爱好者聚集的QQ群、微信群或者网上的圈子？我们可以试着打进他们内部。”

“什么叫打进内部，我们又不是搞特务工作。”刘国琴纠正道。

“你说的有道理。这个方法我早该想到的。”小鱼老师声音不重，像是自言自语。

“我们是不是要请个模特，光看绣品，很难一下子吸引顾客眼球。”同学们集思广益。

“这没必要吧？”

“别人感兴趣了，会点开来看。看了就有可能买。如果不点开来，我们的布艺品在手机屏幕上只是小小的一角，谁会仔细看呢？那句话怎么说来着，酒香……”

“酒香不怕巷子深。”阿衣莫打断了她的发言。

讨论声音越来越响，说话的同学都想用自己的音量盖住其他人。

“不对，我们的‘有点蓝’不是酒，没香味，在这个互联网时代很怕巷子深。如果没有推广没有宣传，别人很难看到我们这些东西。”袁馨秋说。

“你放屁——”阿衣莫大声喊。

面红耳赤的阿衣莫被小鱼老师按回座位上。

大鱼老师出来打圆场："今天畅所欲言，说什么都可以，不分对错。但是大家都冷静些，不可以说脏话，不可以骂人。九花组应该就是这种规定吧？"说到这里她看了一眼袁馨秋。

大鱼老师接着说："我觉得以后的宣传一定要突出我们的特色。我们和其他刺绣作品不一样。我们全部是手工的。自己染布，自己刺绣。而且所有作品都是在蓝布上刺绣的。"

"所以我们很早就注册了'有点蓝'的商标。"小鱼老师的这个决定很明智。

"我们还可以在网上教大家刺绣。"

大家讨论得很激烈。刘国琴喝了两杯水，依然觉得有些口干舌燥。老师们的话有些太专业了，阿衣莫听不懂。她瞪大眼睛狠狠盯着袁馨秋。袁馨秋也没有示弱。

过了一会儿，轮到大鱼老师和小鱼老师好几次争得面红耳赤了。

争吵有时候比说话更有效率。经过这次讨论，老师们和同学们明确了接下来的方向：一是找一个专业的线上平台；二是好好宣传"有点蓝"产品的独特性。

《布作记》，是他们找到的一个布艺品爱好者集中的社交平台。里面有人分享刺绣作品，有人卖自己的手工艺品，还有人讨论最新研究的针法技巧。有点像人们都在使用的微信和QQ，也可以聊天，组建群组，但是这里的话题全都是关于布艺的。

小鱼老师立刻给“有点蓝”注册了账号，把新拍好的作品照片又传了一遍。

团队里所有人集体出动，注册了新账号，在《布作记》里面帮“有点蓝”点赞、转发、评论。在朋友圈、QQ动态里，他们也在不停转发“有点蓝”的图片和视频。不仅自己转发，还拜托班里的同学、好友转发，只为了让更多的人看到。

虽然答应转发的同学很多，但是真正转发的却很少。

阿衣莫把消息在班级群里发了三遍，看了一下没什么效果，只能在好友列表里挨个找熟悉的朋友私聊，麻烦大家帮忙宣传和转发。

她花费的时间比别人多出足足一倍。因为阿衣莫需要反复评估、衡量：她联系的这位朋友究竟会不会帮忙转发，这样的叨扰会不会影响她们下一步的友谊。

她太小心了。以至于好友列表里一共八十多个人，她只单独联系了十五个人。

刷新QQ动态的时候，她没想到会出现夏雪儿的名字，她在朋友圈和QQ空间里同时转发了关于“有点蓝”的作品。

“同班同学的精美制作，很有创意，大家可以多了解。叫‘有点蓝’。”这是她的配文。

自从休学以后，她的社交平台从没有发布过动态。这是第一条。阿衣莫没有私聊过她，看看时间，应该是在班级群里看到消息后第一时间转发的。阿衣莫眼眶有些湿润，之前她一直害怕打扰到夏雪儿。

幸好今天是周六，宿管阿姨查寝不严格。熄灯时间已经到了，阿衣莫用被子裹住脑袋，在被窝里小心问候夏雪儿。

没有询问病情，只是问了心情，还有天气饮食之类的话题。原本她想聊聊学校里发生的事情。可是怕夏雪儿难过，就没多嘴。

夏雪儿没有回复阿衣莫一口气发送的十八条信息。大概是睡着了吧。

第十二章
真心话大冒险

袁馨秋：

从信的字数看，你好像好一点了。要一直保持下去！

你在大学里有没有遇到之前九花组那样的事情。我不是问你有没有这样的地下小组织，我是说有没有遇到那种被背叛和暗算的事情。

如果真的有，不要隐瞒，我们马上过来。

我以前一直觉得你是一个非常外向的人。刚见面你就指着我鼻子批评我享受特权，后来发现你竟然是九花组的领袖。可是随着时间的推移，相处越深，我竟有了一种异样的感觉。

我们好像是同一种人。

当然严格意义上不是完全一样的。毕竟哲学课教过我们，你不可能在花园里找到完全一模一样的树叶。

你其实和我一样都有一点胆怯。只不过我是露在外面，想掩盖始终没能成功。你比我优秀，藏得很好。但是可不可以不要藏了。

这样太辛苦了——

对了，我记得之前你说你加入了你们学校的19160青少年权益援助中心。这是帮助青少年学生的吗？现在还在做吗？有没有遇到特别有意义或者难忘的事情？这也可以成为我创作的灵感，哈哈，绣一个故事画面很有创意哟。

随信寄了一点春天的气味。这是这里特有的梨膏糖，味道不错的，多尝尝！

阿衣莫

12月3日。阿衣莫一直记着这个日子，123，这个数字很好记。那天刚到教室，她的课桌洞里出现了一个信封，里面是一封警告信。落款很长，写的是“浴火重生后涅磐的九花组”。信中的“磐”是个错别字，应该是“槃”。

信里没有太多有营养的内容，通篇是告诫。九花组已经完成了重组，希望阿衣莫以后不要敬酒不吃吃罚酒，不要执迷不悟。她还欠九花组一个道歉。

“我们大人不记小人过，可以暂时放你一马。但是如果你后面再找我们麻烦，就叫你加倍偿还。”

九花组不是已经解散了吗？阿衣莫没有声张，也许真的重新组建起来了。她紧紧盯着袁馨秋。

袁馨秋不像以前那样讨人厌了，自己和她也没有再起冲突。这封信是怎么回事？她冷冷瞥着袁馨秋的后背。她不知道其实袁馨秋也收到了一封信。

这是一封手写的开除决定书。

“经新九花组全体商议表决，决定将袁馨秋开除出九花组。”

信里对她的投降行为进行了严厉抨击，要求她在个人朋友圈和QQ空间里公开发表忏悔信。袁馨秋环顾整间教室，二话不说把叶芊芊拽到了教室外面，质问是不是她把信放在自己抽屉里的。

“这和我有什么关系？”叶芊芊拼命摇头。

面对袁馨秋的问话，叶芊芊矢口否认。袁馨秋盯着叶芊芊的眼睛，发现她的目光一直在躲闪。

“哪儿来的冒牌货？”

“这我真不知道。也许是有人怀念这种道义，想继续维护学校里的公平和正义吧。”叶芊芊说。

“那我怎么就成叛徒了？”袁馨秋的嗓音低沉，握紧拳头，努力压抑手上的劲道。没有线索，没有证据，只凭借一封乱七八糟，文字糟糕、逻辑糟糕、笔迹糟糕的信，她没办法继续追问。

目前的事实摆在眼前。新九花组已经成立了。两天前她们开了秘密会议，人数大幅度增加，其中就包括叶芊芊。在她的主张下新九花组宣布欢迎所有在校学生报名，只要认同九花组的理念，缴纳一定的会费，就可以成为组织的一员。

“学生会做不到的就由我们新九花组来完成。”

新九花组总结了旧九花组失败的“教训”，一致认为要改革创新。

她们开会时统一佩戴口罩，统一不穿校服。开完会要把通过的每一项决定用白纸黑字记下来，然后所有成员挨个在决定后面按上红手印。

到现在叶芊芊依然认为如果不是阿衣莫，她们当初不会东躲西藏，不会跑到垃圾桶旁边开例会，这样也不至于判断失误，没发现那个化名为竹叶鬼的女生制造的巨大的陷阱。

“袁馨秋擅自同敌人和解，这是背叛！她现在加入了布艺社，被他们提供的蝇头小利收买。这是赤裸裸的投降！所以在此，我提议彻底将袁馨秋开除出组织！”叶芊芊的唾沫星子像刚出生的小蝴蝶到处乱飞。

“没有这么严重吧。”有组员为袁馨秋求情。

叶芊芊变了脸色：“如果这次不严惩，下次再有人效仿怎么办？”

她干咳一声组织大家直接进行投票。

“三二一。少数服从多数，就这么定了。”

叶芊芊趁大家鼓掌的工夫看了一眼手里的小纸片。

“有人会觉得我们是玩过家家，觉得我们不成熟。废话，我们才高一，还未成年，怎么可能成熟！但是我们并不幼稚，什么叫幼稚，在我看来躲在教室里听老师们吹牛是幼稚，心里只有抱负和理想，手头没有任何行动是幼稚。我们在做的事情看起来没有任何意义，但是我们……去做了，这就是意义。学校里一定需要一种能够反映我们意见的力量和声音。”

她说一会儿停顿一下，看一眼自己手里摘抄的小句子。她没办法像袁馨秋那样做到出口成章，开会说话的时候双腿会情不自禁地颤抖。

叶芊芊的父亲是开家具店的。班级里不少同学知道。但她没有告诉大家，父亲最早在夜市摆过烧烤摊。那个时候街面上管理不严，好的位置要靠抢。父亲当时年纪小，身材不高，每次都抢不到好的，甚至有时还要被同行驱赶。所以他和叶芊芊说过很多次，团结最重要，做事情靠单打独斗是不行的。

因此，新九花组刚成立就把扩大规模和影响力作为首要任务。她们把矛头对准了学校里不公平的制度，目标是重建一套规则。从食堂就餐、超市排队到卫生扣分、文体活动，都有很多需要完善的地方。

人多了之后还要有规矩，叫袁馨秋写忏悔信就是为了立规矩。

除了这些不高兴的小插曲，其他似乎逐渐迈上正轨。

平台上关注“有点蓝”作品的用户增加了一些。前面的推广宣传起到了一点作用。小鱼老师看同学们辛苦，专门给她们放了一会儿假。

“活动课去外面玩玩吧，别坐这里了。”小鱼老师说。

姑娘们摆摆手，跑步就算了，她们喜欢看别人跑。

她们围坐在一起，决定玩玩真心话大冒险。电商实训室里还有袁馨秋在，有人提出去邀请她一起参加。结果袁馨秋说任务太多，现在走不开。

规则很简单。每个人扔骰子比大小，最小者接受惩罚，可以选择真心话或者大冒险。

“小鱼老师你来不来，或者由你来给我们下达指令。”刘国琴说。

小鱼老师接受了邀请。她设计的问题和任务比想象中的无聊许多。刘国琴撇撇嘴，有一种上课的感觉。

“这次赤木则选择了真心话，说说最令你感动的一件事情。”

刘国琴听到这个问题，发出咝咝叫声，无奈地捂住额头。话说早了，这种问题的趣味性还不如上课呢。

她希望听到的是：

迄今为止你做过的最疯狂的事情是什么？

在异性面前自己做过的最丢人的事情是什么？

或者大冒险，模仿椰树牌椰汁的广告，边跳边唱。一个人跑进人群里大喊，我是猪。把卫生纸当围巾，围在脖子上去上课。

她本想用眼神暗示赤木则随便说说，赶快结束这一轮。等把小鱼老师支走后，换个地方重新开一局。

但是赤木则低着头没有接收到信号。

“我阿妈，总喜欢讨价还价。每个菜都要还价。”赤木则说菜市场的那些老板生意不好的时候会跟她吵架，生意很好时会由着她占点小便宜。阿妈总是因为一些小便宜特别高兴。

有一次阿妈和人吵了一架，阿妈红着脖子不肯示弱。后来吃晚饭的时候，阿妈把占便宜得来的蔬菜都煮了，这是他们家平时两天的量，然后突然流泪了，一个人端着碗躲到外面去吃饭。

赤木则说自己喊了她很多次，可她就跟小孩子一样赌气不进来。过了很久才进屋，手里多出了几朵拇指大小的花。

“我以为她认错了。可是她讲以后还得继续找便宜占。便宜占得多了，我以后上学就更不愁了。”赤木则说。

那些花不是给赤木则的。阿妈想自己闻闻花香。

刘国琴不知道这件事情哪里让人感动了。她看看一旁的阿衣莫，只见她眼睛红红的，鼻子里积攒了不少鼻涕水，便不再多嘴。

赤木则的分享打开了大家的话匣子。

“我爸爸头发秃了。他说风吹过来会冷。小时候我给他画了一顶帽子。歪歪扭扭不好看。但是他很高兴，过了三天才洗掉。”

“他是不是逢人就说这是我女儿给我画的。”小鱼老师问。

“我不知道……”

“一定是这样的。”小鱼老师笑了。

这比上课和做游戏更有意义，这是阿衣莫的评价。

刘国琴吐吐舌头，说她越来越像老师了。

“我终于把‘有点蓝’团队里的人认全了。”阿衣莫说。

“啊——”

那个在爸爸头上画画的姑娘，之前阿衣莫一直没记住她的名字，没好意思问她。

“你认得太慢了。”刘国琴说自己只花了两天。第三天的时候就和每个人都说过话了。

“要是夏雪儿在，她应该会和你差不多。”阿衣莫说。

只隔了三天，袁馨秋又收到了九花组的信件。里面放着两张纸，一张白纸，一张小小的贴纸。贴纸上写了说明，白纸是让袁馨秋写忏悔信用的。写完后可以放到食堂后面的围墙下方。那边有一块红色砖头，压在砖头下即可。

袁馨秋把信封和纸撕得粉碎。

这些日子新九花组启用了一个新的QQ号，用于收集同学们的意见。成员在短短一星期之内增加到了八十多个人。

大家意见最多的几个问题是食堂味道不行，价格太贵。希望教室里可以吃零食，在教学楼里专门划定一个零食区，有时候上完体育课肚子就会饿。楼下的接待室旁边可以装一个学生自助打印机。学校文印室只打印试卷和老师的教案，住宿生又不能去外面找打印店。

收集到的问题太多，他们花了很多时间开会，很多时间讨论。现在队伍庞大，不方便召开全体会议，只能用小组会议替代。

“这些问题，我们解决不了吧。学校都不一定能解决，不可能让所有人满意。”唯二的九花组老成员之一的夏梓墨跟叶芊芊说。

夏梓墨记得在老九花组的时候，也收到过这一类问题。当时袁馨秋装作无意跟班主任郑老师提过几句。郑老师说以前教学楼里有专门的茶吧，供大家休息，喝咖啡和吃面包都是允许的，后来秩序就乱了。上课有人躲在茶吧逃课，还有的同学将咖啡和零食偷偷带入教室。

“你是不是想说任何规定都有它存在的道理？我看你就是被老师洗脑了。这些我都知道。”叶芊芊坚持自己的观点。新九花组要海纳百川，包容万象，大家只是在提意见，为什么要有限制，为什么不能提呢？

“后面总会有办法的，实在不行就写万人书，学校肯定会答应。”

“我们学校有一万个人?”

“三千也不少了。四舍五入!”叶芊芊说。

“如果四舍五入到万位，那不是都舍了吗，是零。”

叶芊芊没有继续这个话题。她们商量起袁馨秋的忏悔信，放过去这么久依旧没有效果，决定再试一次。时过境迁，看着目前壮大的新九花组，叶芊芊她们对袁馨秋的怨气已经没有当初那么浓烈。

“好歹她也算元老。”

她想起三顾茅庐的典故，又准备了信纸。这次信纸抬头写好了标题，忏悔信。信封里还附赠了一支黑色水笔。

“干脆内容我们也帮她写了吧。叫她签个名就行。等开大会的时候在组员面前读一遍，就算有交代了。”

“她不写这个难道是怕麻烦?”叶芊芊问。

她心里其实已经有了答案。

第十三章
无边岛

阿衣莫：

你放心，我没遇到。其实当时的那几个同学也不是什么坏人。大家只是观念不同，想法不同，最后行为就出现了偏差。

现在我很能理解大家。我们对于校园环境，对老师、课程、同学和管理总会有一些自己的看法和建议。只不过在年少时觉得这些是理所应当需要被改变的事情，等到现在会发现比改变环境更重要的是改变自己。

之前你说准备参加全国民间手工艺精品展览，现在进度如何了？

这两年我记得你参加了好多比赛，准确地说是从高中开始，当时我们还一起参加过展会和比赛。不过印象最深刻的还是第一次。

阿衣莫，你们这个领域的最高荣誉好像是评选上中国工艺美术大师，这是不是你的目标？等你评上那天可得好好庆祝呀。那个时候我们牙齿应该都还在，还能吃肉喝奶茶。

哦不行，奶茶太甜了，那就买几杯放在一旁看看吧。看着奶茶嚼肉！再来点螃蟹和水果。

我最近在听一首歌，叫《曾经我也想过一了百了》，是中岛美嘉唱的。她的人生道路也很传奇。听这些音乐，我觉得很想流泪。脑海里想起很多动人的景色。有月光散于雾霭晨曦，有清风拂掠潋滟花洲，有长街十里海灯如昼……好吧，这些都是我从网上抄的形容词，总之是春和景明，让人想经此一生。睁开眼后看到的都消失了，可是我依然很高兴。

好了，梨膏糖味道很好。19160青少年权益援助中心有一阵子没去了。等我有机会再去，再告诉你。

袁馨秋

“你们价格太贵了。一块这么小的杯垫要十五块。”

“叔叔，我们都是手工绣的。纯手工价格肯定高一些。”

“喏，你等一下，我拍个照网上搜一下同款。”展销会上，一个中年男子对“有点蓝”的作品提出了疑问，他把自己的手机转过来，“你看几乎一模一样的网上四块九。”

他的嗓门很大，吸引了许多行人，比宣传广告效果更好。今天是“有点蓝”团队第一次走进植物园参加线下的展销会。

“不对吧，我们的不一样。”刘国琴说。

“他们都是机器生产的，我们是手工的。您可以不喜欢，但是我可以向您讲解我们作品的优点。”阿衣莫找到了问题的关键。说到这些，阿衣莫的口才格外流利。

这位路人似乎对这个答案不满意。双方剑拔弩张。

“有本事你绣给我看看!”

阿衣莫没有退缩，她的书包里随时带着简易的材料包。最近她补了不少新知识，贵州苗族的挑花纹样她记住了不少。

她找了一块空白的蓝布，一边绣小样，一边跟这位叔叔解释具体的过程和需要注意的细节。眼睛直勾勾盯着这位叔叔。围观的人越挤越多，足足有三圈。

最终以中年男子的退让落幕。他买了两块杯垫。跟风的路人还有很多，大家得知是学生自己手工染、手工绣出来的作品，一点儿都不吝啬赞美之词。

“小姑娘，你可以现场演示一下。这比叫卖效果更好。”人群中有一位老大爷建议道。

这个意见很中肯。

“有点蓝”一口气参加了五场线下展销会，积压的货品卖出了将近百分之四十。

一转眼快到年尾，长三角民间艺术博览会如期举行。“有点蓝”团队申报的作品《无边岛》成功入选，获得了参展资格。除了这件主作品之外，组委会还要求参展团队带上与主作品相关的艺术作品或装饰材料。“有点蓝”团队全员开动，把挑出来的统统带走。

阿衣莫翻出藏了很久的假睫毛。之前礼仪课实训，老师指导过化妆的简单方法，但是校规规定平时不得化妆。今天她顾不得这么多，悄悄往脸上打扮。长长的睫毛似乎有些奇怪，阿衣莫还是给自己来了一张自拍。

刘国琴也没闲着。她新买了花露水，又想出了一个新办法，可以往花露水里掺一点水，稀释后涂在身上，会有清凉的香气，也比她闻过的很多香水更加自然。

“花瓣会枯萎，香气会散尽，还是花露水靠谱!”刘国琴说着把这个方法告诉了寝室里的所有人。

阿衣莫第一次来到这样的场馆。

国际会展中心里一眼望不到头，五颜六色的展柜、展架将会场打扮得像一场室内庙会。观众们形形色色，大家脖子上统一佩戴着参观证。阿衣莫看到还有好几个肤色不同的外国人。

组委会根据民间艺术的门类划分了好多个区域。“有点蓝”的展示区位于C区66号。阿衣莫很喜欢这个号码。这次来展会，她们带了两块门帘，桌子上摆着阿衣莫绣的一块茶席，长度足足有一米五。《无边岛》的绣面上布满了各式各样的海岛。

由远及近，浅浅的白点构成植被，粗粗的线条勾出山脊和轮廓。在岛屿最中央离太阳最近的位置站着一个姑娘，手捧翻开的书本，仰望天空。白色的丝线在蓝色的绣布上把人物勾勒得活灵活现。尤其是这个姑娘的双脚，阿衣莫特地加了点粗线，让她深深扎在地里。

“阿衣莫，这人是不是你呀?”有同学问。

“怎么会——她是这些岛屿的岛主。哈哈，才不是我。”阿衣莫的脑袋摇得跟拨浪鼓一样。

桌上还摆了一套褐色茶具，另有几个蓝布缝成的手提包、布花点缀其中。

阿衣莫有些不自信，问小鱼老师：“这次博览会什么时候结束?”

“四天。别担心，学校里已经请好假了。两天是周末，只占用两天上课的时间。”这次大鱼老师没来，学校里还有课务。小鱼老师带阿衣莫、袁馨秋和刘国琴一起参加博览会。四个人正好住在两个房间。

“这么久呀——我这点东西摆四天，要被别人笑话死。”阿衣莫觉得自己的作品上不了台面。

瞧瞧，隔壁展示区是一位雕刻大师。他可以在蛋壳上雕刻，平均厚度0.2到0.3毫米的蛋壳可以雕出镂空的造型，可以雕出一幅完整的画。

还有对面展示区那里坐着一位年轻的艺术家。他的作品是漆器，桌上有很多摆件，密密麻麻。他把木板、泡沫、银器等材料与传统漆艺相结合，设计出精美的胸针、项链等首饰。地上还有很多大件。

阿衣莫不敢靠近，生怕碰倒了要赔偿。

“你和他们都不一样。”小鱼老师告诉她。

“可是刺绣的也不止我一个。”阿衣莫说。

在B区也有一位刺绣大师。她三十多岁，穿着旗袍，擅长苏绣。展板上介绍她是省级非物质文化遗产传承人，列了好多奖项。

“自信点。”小鱼老师趁中午观众少的时候，带着阿衣莫她们几个学生一起把整个会展中心快速走了走，一边走一边强调“有点蓝”的独特性。阿衣莫的心弦渐渐放松。昨晚她们九点才到附近的酒店住下，今天早上七点半就来到现场布置场地。

“小鱼老师我有些累了。”袁馨秋逛不动了。

“去休息会儿吧。”小鱼老师同意了。

袁馨秋走了一条近路，旁边是她没见过的陶瓷和泥塑。晶莹清澈、青翠莹润的青瓷让她一时间挪不动腿。

回到“有点蓝”的展示区，她盯着阿衣莫的《无边岛》发了很久的呆。有一个瞬间，她觉得自己有点像绣布上的那个少女。

“这幅很不错！”有好几个人围在展示区前面拍照，夸赞《无边岛》的人不在少数。袁馨秋有些意外，开始重新审视这件作品。透过那位少女，她仿佛看到了阿衣莫手捧鲜花，握着奖杯站在舞台中央的模样。

她真的有些羡慕。

“小姑娘，你们这个茶壶能泡茶喝吗?”有客人问茶席上的茶壶能不能用。

“可以的。”小鱼老师交代过，博览会有时候需要招待观众。

每一个人都是潜在消费对象，可以叫客人坐下来，喝喝茶，多了解“有点蓝”这个品牌。老师提前准备了茶叶和开水。袁馨秋没什么经验，不知道茶具怎么使用，只知道用热水泡茶叶，泡完再倒入茶碗。

“您先坐一下……看看我们其他的物品，这些都是我们自己染的，也是自己绣的。”

袁馨秋着急忙慌开始倒水。她没有把茶碗从茶席上拿开。

滚烫的水汽遮挡了一部分视线。袁馨秋告诫自己要沉稳。客人在一旁询问完成这幅刺绣作品所需要的技巧和时长。袁馨秋心不在焉地回答，工序很复杂，时间要很久，她们还是学生，是利用平时课余时间完成的。

水位线离杯沿还有一些距离。

要是水倒出了，这幅作品会受到影响吧，她这么想。对，一定会的。刹那间她的脑海里闪过邪恶的念头。茶水泛着微微的红色。思考间，手臂微微上抬，她分明看到水位线即将和杯沿重合。可是她没有改变姿势，继续加水。滚烫的热水最终溢出茶碗，渗到茶席上。

她第一时间向客人致歉，第一时间擦拭蓝布上的水渍。

淡红色的茶渍渗进了白线，这幅《无边岛》太阳的左半边被染红了。

客人呀呀大叫，感觉有些可惜，建议袁馨秋赶紧清洗。

客人离开后，袁馨秋坐到座位上，深深叹了一口气，使劲拍打自己的脑袋，试图赶走所有坏主意。她拿了湿巾和纸巾来来回回擦拭，除了留下颗粒状的纸屑，没有其他进展。

看到茶席上的污渍，阿衣莫的眼泪顿时挤满眼眶。

袁馨秋解释了事情的经过。此时此刻指责没有意义，在老师看来都是无心之举。

“别急，我们再想想办法。”小鱼老师说。

根据赛会工作安排，每天下午四点半到五点半，会迎来专业评委考察打分。一共四批，最后汇总，评选出金银铜奖。距离第一批评委打分还有三个小时。这个时间点不可能清洗茶席，更不可能重新绣制。

“这是茶渍，一时半会儿可能还洗不干净。”小鱼老师也是第一次遇到这种情况，她责怪自己没有提前做好应急预案，没有教孩子们泡茶的基本注意事项。

现在茶渍染红了半个太阳。

如果干脆染红整个太阳呢，在整个画面中会是怎样的效果？袁馨秋脑海里冒出这个大胆的想法。可是她没有说出口，生怕错上加错。

阿衣莫足足有一个多小时没说话，她告诉小鱼老师自己想回家。不是回学校，回宁波，是想回家。短短一个下午，她上了四次厕所。

终于挨到三点，袁馨秋下定决心说出了自己的想法。

“要不把太阳都染红吧。”

“你是不是想毁了它？”阿衣莫听到这句话，差点动手推袁馨秋。现在的困局都是她造成的。阿衣莫甚至怀疑，一切都是袁馨秋和她背后的那个阴魂不散的九花组的阴谋。

小鱼老师反复查看绣面的色彩搭配，点点头：“整体蓝色，主线条白色，唯有一轮红日。”这个画面反而更能突出“无边岛”的神韵。

袁馨秋把茶碗递给阿衣莫，接下来的操作要阿衣莫自己来。她又去了一趟厕所，用冷水拍拍脸颊。

“我还是太心软，早知道就不讲了。”袁馨秋觉得自己真是个好人。

给太阳补色的任务由小鱼老师亲自完成。同学们聚在两侧看着她重新烹茶倒水。小鱼老师找来干净的纸巾，把它捏成一个长条。顶部稍稍浸入杯中，吸饱茶水后，再取出，把尖端放在太阳上，一点点摩擦绣面，让水珠渗入。

为了让太阳的色泽尽量显得自然，小鱼老师周而复始操作了十几遍，终于在评委到来之前完成了这项工作。阿衣莫后背全部湿透，紧张地搓着手站在展示区前，用目光向评委致意。

晚上阿衣莫竟然打起了呼噜。白天过山车般的遭遇一幕幕在脑海里重现。梦里她又回到了凉山，走到新房，里面空无一人。屋子里的摆设都空了，新买的小家电不见了，从老屋搬来的旧东西也消失了。

她又来到老屋，老屋塌了半边，只剩下一堵矮墙。呼喊家人姓名，没有得到任何反馈。她急得冲上了后山，一直往高处爬。梦中好像有一股神秘的力量牵引着她，不知道一直攀高的目的是什么，直至到了最高点，她看到了远远的金沙江，江边有个模糊的人影。阿衣莫高声大呼——

“哎，阿衣莫你今天怎么说梦话了。”刘国琴打了个哈欠，她刚刚被阿衣莫的尖叫吵醒。

“啊，没事。”

这次出来阿衣莫和刘国琴一间房，小鱼老师和袁馨秋一间房。

晚上吃完晚饭后，小鱼老师指挥大家一起去附近的市民公园拍合影，去江边看夜景，水上有观光渡轮，她自己掏钱请大家坐了一个来回。

“谢谢老师。”

“小鱼老师您太好了！”

小鱼老师得到了许多发自肺腑的感谢。

阿衣莫和袁馨秋两个人似乎仍旧心存芥蒂。阿衣莫望着江面上层层荡开的波纹，心不在焉地说着和天气有关的废话。评委打分结果不会实时公布，要到最后一天才能揭晓。她不停回想今天路过“有点蓝”展示区的每一位评委的表情。打高分的会有多少人呢？

刘国琴是最放松的一个，不停拍摄短视频，传给身处凉山老家的家人。

江和海不同，阿衣莫看到江没有太大感触。

凉山也有江，有壮美的金沙江。江边有一条路，很多货车、面包车、小轿车会经过。高高的山崖下可以看到藏青色的江水。只可惜阿衣莫经过时很少俯视江面。她害怕车子会咕噜噜从崖上坠落，要是撞进金沙江，那江水就一点儿都不好看了。

现在自家搬到了新房，这条路成了回老家的必经之路。阿衣莫摇摇脑袋，强迫自己忘掉那高高的悬崖，忘掉那深深的山涧。

后面几天波澜不惊。第四天下午三点半，观众渐渐散去，博览会中心区域的大屏幕上公布了获奖名单。阿衣莫拿到了银奖。蓝色大屏幕上她的名字位列银奖倒数第三名。

看到成绩的那一刻，刘国琴激动得抱着阿衣莫大喊大叫。

袁馨秋终于松了一口气。她的无心之举好歹没有酿成大错。

没想到只过了半个小时，事态又发生了变故。在闭幕式开始前，工作人员通知她们，阿衣莫被取消了获奖资格。

“有人向组委会举报，你的作品不是独立完成的。”工作人员重复了本次博览会的参展和比赛规则。规则中写得非常明确，必须为作者本人独立完成的艺术作品。若有他人协助，应注明协助人员姓名，并作为集体作品参与后续评选。

在《无边岛》的报名表上，小鱼老师只写了阿衣莫一个人的名字。

“谁举报的？怎么能瞎说呢！”刘国琴气急了，不由自主把眼神投向袁馨秋。

“你看我干什么？”袁馨秋毫不客气地反击。

“有些人呀，做贼心虚！干了坏事不承认，每天还在旁边扮演老好人。啊呸！”

“你说什么东西——”

面对争吵，工作人员皱皱眉头。小鱼老师想进一步说明情况。工作人员紧接着向她们展示了别人举报的视频。

视频里拍到了“有点蓝”团队的所有人，袁馨秋也在里面。小鱼老师正在帮助阿衣莫把绣面上的太阳染红。画面很清晰，容不得争辩。很明显举报人不是袁馨秋，阿衣莫知道自己错怪了她。

“举报人的信息我们不能泄露。但是从这一段视频里可以看到这位女士对参赛者确实提供了过多的帮助。我们刚刚又比对了作品的内容。所以这个……《无边岛》不符合我们评奖的规定。”

“这位同志——我，我是她的老师，我只是帮学生把那半个太阳染红了。其他都是她独立绣的，和我、和其他人都没关系。”小鱼老师打断了工作人员。

“严格意义上说，太阳也是作品的一部分。从视频里看这位参赛者确实受到了外界的帮助，不好意思，我们必须遵守规则！”

“那我们现在修改报名表可以吗？”

“这不可以。但是参展证书和纪念品还是有的。”

工作人员取出几页文书，要求阿衣莫签字。其中有一张是退赛申请书。小鱼老师作为带队老师，在阿衣莫后面也签了字。

手续完成后，小鱼老师安慰同学们，不要责怪组委会，要怪她没经验，才导致这么一则事故。

“应该怪袁馨秋才对。”刘国琴打抱不平。

“别说了。”阿衣莫喝止道。

“现在有些比赛出现了很不好的现象，老师代劳，以学生的名义参赛。所以为了公平公正这样做也能理解。”小鱼老师的话似乎是多余的。

无法宽慰阿衣莫，也无法浇灭自己心头的遗憾。

伴随着从音响传出的隆隆配乐，两年一次的长三角民间艺术博览会即将落下帷幕。主持人和各位领导、嘉宾轮番登台。阿衣莫坐在台下盯着话筒，突然发现话筒比自己更辛苦。黑黑的，穿不了好看的衣服。吵吵的，工作的时候永远静不下来。脏脏的，好多人的口水会喷在它的身上。

这次博览会的获奖人会得到一座精美的水晶奖杯，还有一份奖状。阿衣莫望着台上的选手，感觉肚子有些抽搐，痛觉让她弯下身子。

回到学校，阿衣莫抓紧时间为下一个比赛做准备，这样可以转移注意力。

那几天她像机器一样，努力绣制自己最熟悉的“鲤鱼跃龙门”“双鱼戏珠”“生肖全家福”，这几件在朋友圈里卖得最好。但是重复久了，脑袋止不住发昏。她向小鱼老师提出，不想绣重复的内容。

现在要靠普通的作品完善技艺，同时产品也要多样，既要有独一无二的充满艺术味道的作品，也要有符合大众审美、价格低廉的、能够应用到日常生活的“小东西”。

“等以后我们其他同学的手艺熟练了，就可以分组了。一个叫定制产品组，专门做难度高的。一个是普通制作组，专门做常见的家用的。”

听完小鱼老师详细的规划，阿衣莫表示认同，没有再继续这个话题。

第十四章
异军突起

喂喂喂袁馨秋：

你能不能说说真话！

你怎么在听这个曲子？我网上查了说《曾经我也想过一了百了》是“适合抑郁的人的音乐推荐”。

和你写信太累了。你能不能说说实话！要是真抑郁不舒服，我们该看心理医生就看心理医生，该吃药就吃药。

当初跟我打赌，说什么实现不了梦想，就一辈子不跟我说话。你到底是下决心的还是开玩笑的？要是认真的，就赶紧滚去学习，努力去！哪儿有时间给你难过。

你不用告诉我，你在学校的具体住址了。我跟刘国琴决定去你家。是去你自己家，我们去找你父母聊聊天。还有你爷爷那儿，我倒要看看你到底在瞒着我们什么！

阿衣莫

耳蜗手术果然是一个骗局，起码在袁馨秋看来是。

爷爷真的是上了年纪，以前他的嘴很严实。也可能和他平时独处时间太久，没人说话有关系，今天稍微喝了点小酒，他把很多事情的来龙去脉说给了袁馨秋听。

早先在省城的大医院，妈妈已经看过专家门诊了，医生说妈妈的情况不适合做人工耳蜗。因为她的听神经发育不完善。植入耳蜗不一定能达到理想的效果，甚至完全没有效果。

爸爸总是不相信，总想再试试。

这次联系的这个所谓进口耳蜗的“大厂家”，兜兜转转叫爸爸领着妈妈去一家民营医院做了检查。检查做了一大堆，甚至包括基因测序。等了很长时间，最后还是没有下文。

这些花掉的大钱，爸爸觉得是正常的医药费，是一次不得不做的尝试。

可是袁馨秋觉得完全就是诈骗。

她叫爷爷去问那家医院和那家公司的名字，打算在网上查查它们的底细。

爷爷借着酒劲答应了下来。爷爷最近又开始喝酒，用的是碟子。里面的花纹是青花。袁馨秋小时候，爷爷告诉她这是老祖宗传下来的古董。袁馨秋对此深信不疑，悄悄在伙伴们面前炫耀了很久。后来才知道这个碟子和普通人家倒酱油搁米醋的碟子没什么不同。

他的碟子里还有十毫升左右的杨梅酒。酒是八块钱一斤的散酒，杨梅是今年夏天吃剩舍不得丢掉的那半碗。当时没有多少颗，可现在照样染红了一整个塑料桶。

“你少喝点，血压要高的。”袁馨秋走进卧室前，举起爷爷的酒碟一口气倒进自己的嘴里。

她不知道烈酒是这个味道。这是一股钻心的辛辣味，从喉头蔓延到舌尖，两瓣嘴唇再也承受不了这种冲击，她一口全喷了出来。

爷爷哈哈大笑，直拍大腿，他已经很久没这样笑过了。

“你快吃饭吧！”爷爷催道。

“我不要。”

“今天有你喜欢的菜，可以猜猜！”

“也不要！”

袁馨秋嘟着嘴拼命摇头。只要她拿出“不吃饭”的法宝撒娇，爷爷总会屈服。她回卧室掩上门，把脑袋埋进软软的玩偶抱枕。不出意外的话，十分钟后爷爷会把饭菜端到床头。

哎呀，辫子有些乱了，等吃完饭要好好梳一下。

听多了坏消息，好消息变得格外珍贵。市里发来通知，在市中学生文明风采比赛创意手工赛项中，阿衣莫的作品斩获了一等奖。加上她前不久参加了长三角民间艺术博览会，逐渐有本地的新闻媒体关注到了她，学校里迎来了好几波记者。

《十六岁少女竟然是刺绣大师》《明州职高学生独创“有点蓝”布艺品牌》……相关新闻报道一经发布很快吸引了社会各界的关注。

“有点蓝”的知名度节节攀升。

学校周边的商业广场要办年货节，过来邀请“有点蓝”参加。

社区要举办邻舍文化节，想邀请同学们去现场演示基本的刺绣技巧。

阿衣莫一下子成了小名人，布艺社也成了学校社团里最忙碌的一个。常规的社团活动时间已经无法满足需求。老师们破例，允许布艺社核心团队成员利用中午时间、自习课时间、晚自习第二节课去工作室工作，无须另行请假。

“给你们几个做了一个社团工作证，戴在脖子上。免得被学生会纪律部的同学查到，扣班级分。”小鱼老师嘱咐道，“这不是给你们的特权，这是学校对你们的支持。三百六十行，行行出状元。在我们职业学校一样如此。有时候社团活动、文体活动、创新比赛就能给你们点亮完全不一样的人生。”

“您说得对！”刘国琴俏皮地开玩笑，竖了一个小小的大拇指，“小鱼老师您现在越来越有老教师的风范了。”

小鱼老师笑得露出了好几颗牙齿。

可是阿衣莫觉得这句话好像不是在表扬她。

“什么意思?”她轻声问道。

“意思就是说话一套一套的，一上来就跟我们讲道理。”刘国琴嘟嘟囔囔。

每学期临近期末，学校团委会对所有社团进行打分，评选出星级社团，其中表现最突出被评为五星级社团的其成员可以在校内组织一场专场演出或展览。

以前这个荣誉通常是被街舞社、汉服社这类热门社团轮流包揽的。可是今年布艺社的异军突起，打破了这一平衡。

大鱼老师和小鱼老师给同学们打了好几次预防针，千万不能骄傲自满，不能故步自封。

“接下来我们还要走出校门，承担更多的社会责任。”小鱼老师给大家打气。隔壁乡镇大骆镇向学校发出邀请，希望“有点蓝”团队去社区给一些居民上上课，普及一下蓝染和刺绣技艺。

接受邀请后，“有点蓝”团队决定进行第一次现场授课。授课对象是镇上自发报名的居民。经过统计，这次学员一共有二十六人，大多是五十岁到六十岁这个年龄段的女性。

经过评估，教刺绣比教蓝染更合适，步骤简单，材料价格低廉。为了让学员更好地接受常规的刺绣技法，讲课的模式也要和在学校里时不同。先安排集中讲解，讲完后再开始现场实践。学员一边亲手刺绣，一边由同学们单独辅导。

由于会刺绣的学生不够，在人员安排上阿衣莫作为主力队员，一个人负责三个学员，刘国琴负责两个，不会刺绣的同学也来现场，帮助准备道具和清理卫生。袁馨秋不喜欢这种安排，但是没找到合适的理由拒绝。

可是培训开始后，所有人都傻眼了。参加培训的居民大多是本地人，她们说的大多是本地方言，普通话很生疏。社团里的同学半数来自凉山，其他还有好几个来自市外。对这部分成员们来说，听本地方言和听天书差不多。

“最难的数学课也不过如此。”最胆大的刘国琴在交谈中也只能讪讪发笑。

老师们也没有预想到这种情形。唯一的办法就是全员上岗，别管会不会刺绣，听得懂本地方言的和听不懂的一起帮忙。可是即便如此，人还是不够。

算上袁馨秋，社团里本地的同学也只有三个。

党群活动中心的辅导室面积不大，此刻吵闹声隔着两层楼都能听到。阿衣莫用手势告诉一位阿姨，如何握针走线。

原定一小时的课程，硬生生延长到了一小时四十分钟。阿衣莫感觉自己和周围的阿姨们好像开发出了一套特殊的手语。

“以后不懂方言的，我们就学习手语吧。这样还快些。”阿衣莫说。

“你放屁——你那也叫手语?”这句话刺激到了袁馨秋。

“要你管!”

两个人又开始了无谓的争吵。直到小鱼老师走到她们旁边轻声咳嗽，她们才收起要吃掉对方的眼神。

这次培训的反响出人意料地好。学员们希望同学们和老师们下次再去讲讲。大骆镇也希望将这个培训长期进行下去。短期来说可以培养大家的兴趣爱好，长期来看这些妇女还可以学一门手艺，闲暇时候靠手艺和布艺品换取一些收入。刺绣培训和其他的不一样，它门槛较低，入门较快，一般系统培训六到八课时，就可以初步掌握基本方法。当然后期提升也需要很长的周期。

小鱼老师和大鱼老师向学校请示后，同意了这个方案。

“但是有一个前提，就是不能影响我们同学的正常学习和生活。”

“这是自然，你们其实是志愿服务活动。”镇里面负责社会培训工作的王主任承诺道，同学们是利用自己的时间、技能、善心为邻居、社区、社会提供无偿帮助，这不会跟学业以及“有点蓝”原有的工作计划相冲突。

后来“有点蓝”团队又进行了几次培训。报名的学员越来越多样，有社区的社工，有空巢老人，有刚刚退休没事干的老阿姨，还有一些地方残联介绍过来的残障人士。

每次都乱哄哄跟打仗一样的肯定不是长远之计。为了提升服务效果，大鱼老师和小鱼老师决定给大家进行分组，听得懂方言的和听不懂方言的分在一组里。阿衣莫又和袁馨秋分到了一起。

这是小鱼老师的意思。

“你们俩是学伴，好像又有隔阂，这可不是好事。”要是小鱼老师不说，阿衣莫早已忘了自己和袁馨秋还是学伴。她只记得袁馨秋和九花组对自己犯下的种种罪状。

“老师，我们的交友情况您也要干涉吗？”袁馨秋说。

“这不能叫干涉。大家都是同学，没必要动不动就剑拔弩张。”小鱼老师拿上次博览会举例子，袁馨秋的无心之举其实创造了一幅非常有创意的刺绣作品。虽然没得奖，但这不是她的责任。她并不知道两个人之间发生过的其他细节。

“这件事情没得商量。”袁馨秋打断了她。

阿衣莫附和道：“她说的没错。”

小鱼老师努努嘴巴，找了个借口离开，去找大鱼老师商量对策。大鱼老师笑笑，走到阿衣莫她们旁边把小鱼老师说过的话又说了一遍。显然她得到了和小鱼老师相同的答案。

“你们俩说完了？”大鱼老师问。

“说完了。”

“好，那就这么办吧。我只是通知你们，不是征求意见。

还有两个人好好配合，如果有谁故意搞小动作，后果自负。”大鱼老师说完就走。

袁馨秋和阿衣莫傻愣愣地留在原地，一动不动十几秒钟。大鱼老师真的像极了这个外号，经常在水中游弋，但轻易不介入同学们的争端。可她只要出现，那就是雷厉风行。

她们俩只能再次回归刚成为学伴时的那种默契。台面上凑在一起，下了台谁也不认识谁。

“今天有几位学员很特殊。阿衣莫，你们这一组也跟过去一起教他们。”这种默契在新晨路社区的一次培训过程中不得不打破。大骆镇里安排的学员很特殊，有腿受过伤坐轮椅的，有腰受过伤干不了重活的，其中还有六七个聋哑人。为了便于教学，他们提前请来一个懂手语的社区工作人员做辅助。

阿衣莫第一次接触聋哑人群。她硬着头皮，想搬出自己教本地老阿姨时发明的那套手语，来跟他们沟通。

“那就只能靠手比画了。”

“你那个瞎比画没用的。听现场老师的！”袁馨秋不冷不热地说了一句。

阿衣莫之前一直以为聋哑人听不到声音，说不了话。可是这次来的几个学员让她有些意外。

她的左边坐着一个年轻的穿运动服的女孩，看起来二十出头。她会说话，只是口音很奇怪，有些含混不清，说话的音量也是一会儿重一会儿轻。阿衣莫试着向她微笑、挥手。她举举手里的录音笔，这可以实时把别人说的话转译成文字。她通过阅读文字，再和阿衣莫交流。

右边是一个戴着助听器的男人。阿衣莫跟他沟通起初很顺畅。她说一句，他点点头，她做个动作，他露出微笑。直到要实操的时候，她才发现助听器并不能帮助他获取外界的声音。他好像能听到动静，但是分不清说话的具体内容。他的注意力集中在台上的手语老师那里。他对针线似乎很熟悉，可以不低头就理出细细的针线头。

上课的时候，大鱼老师主讲。那位懂手语的社区工作人员用手语转述大鱼老师的话。小鱼老师也站在台上拿出针线做演示。同学们坐在学员旁边，静静等待。现在他们还插不上嘴。

“这个社工老师的手语错了。”袁馨秋的声音打断了安静的教学秩序。台上的大鱼老师也听到了。

社工老师做了一个“噤声”的动作，示意培训继续。

袁馨秋突然意识到了什么，连忙闭上了嘴巴。阿衣莫冷眼看着她，觉得她是在卖弄学问。

没过多久，教室后面又闯进一个陌生的阿姨，她拿着保温杯和笔记本，自觉坐在门旁的空座位上，双手合十，稍稍举起，表示不好意思。

老师们以为这是孩子们的家长，便没有在意。她一直在最后面默默用手机拍摄刺绣的讲解要点和操作步骤。

这次培训持续的时间比第一次更长，从上午八点半一直到中午十二点。培训结束后，他们每个人都写了一张小卡片，作为送给“有点蓝”团队的纪念品。

袁馨秋被社区工作人员突然叫住：“同学你懂手语吗？”

“我不懂。”

“那你怎么说我错了。”

“我看错了。”

袁馨秋转身想走。身后传来那位社工老师的声音：“等等——那个时候其实我也愣了一下，确实有个地方不严谨。你是不是觉得当时我应该做的是‘一样’的手势，结果做成了‘冲突’。”

袁馨秋环顾四周，周围好像没有人注意，她轻轻点了一下头。

“国家通用手语、地方手语还有我们的手语惯用语中的有些手势打法一样或相似。就好比是你判断的依据是普通话，而我刚刚中间穿插了几句方言。那几个动作他们更熟悉一点。”这位社工老师和聋哑群体接触很长时间了。

她表扬袁馨秋知识面很广，很细心。

“你家里是不是有……”

“没有的，老师我是自己喜欢看书，以前好奇就翻翻。现在已经不感兴趣了。我更喜欢法律。”袁馨秋连忙解释。

“挺好的，年轻的时候兴趣总是很多样，也很多变。”

袁馨秋草草结束了这次对话。她不希望再有人知道自己偷偷学过手语的事情。小时候家里人都不愿意让她接触手语，她就买了一本《国家通用手语常用词表》，有样学样记了很久，但是没有用上的机会。父母想尽办法躲着她，如果知道她自学这个，恐怕会暴跳如雷。

好在其他同学都沉浸在那些卡片上的信息里，没有人关心她对手语的特殊研究。

阿衣莫眼泪落下好几颗。她左手边的姑娘叫刘智善，她以前是健康的，后来由于药物中毒，导致重度听力受损。她说只要别人不跟她说话，她就不会主动与别人交谈，因为担心对方听不懂自己说的，更担心自己听不懂别人说的，需要对方重复又重复，别人很累，她也很尴尬，会觉得很抱歉。

“今天的老师很棒，志愿者同学们也很耐心，非常感谢!”

右边的那个“助听器叔叔”，摘抄了一句名言，来自史铁生的《病隙碎笔》：人不是苟活苟死的物类，不是以过程的漫长为自豪，而是以过程的精彩、尊贵和独具爱愿为骄傲的。

大家都没有注意到中途进来的那位妇女此刻毕恭毕敬地站在门口。离场的时候她客气地询问小鱼老师，下一次培训的时间和地点会在哪里。

她离开后，袁馨秋也悄悄问小鱼老师，有没有今天这些聋哑学员的联系方式。

“我有点好奇他们的生活。”袁馨秋说。

小鱼老师摇摇头，她手头没有，而且贸然打扰别人也不礼貌。

“以后应该还会有机会相遇的。”小鱼老师说。

第十五章 悬崖和路

阿莫莫：

你能不能相信我。我没有你想的这么严重，不要那么敏感。

我爷爷身体不太好，年纪大了机能下滑，而且总是不听劝，最近又偷偷喝酒了。爸爸妈妈也在操心这个事情。

我听的那首歌是音乐平台推荐的，不是我主动去搜索的。你不要多想！

这几天有点忙，我就不多说了。你也照顾好自己！别一直惦记我，你家里的事儿也多关心关心。阿姨和弟弟妹妹都还好吧。我给你寄了点不会坏的水果，记得查收。那些事情过去这么久了，他们走出阴影了吗？

袁馨秋

家里的电话很突然，打来的时候是半夜一点。

宿管员和郑老师把阿衣莫从床上喊了起来。走到宿舍楼一楼的时候，她发现学校学生处主任也在等她。

“我们家里又遭灾了？”阿衣莫好像被闪电击中，声带颤抖发麻。她忘记了老师们你一言我一语说了些什么，好像是很暖心的话，每个人的态度都出奇地友善。她只记住了郑老师直截了当的表述。

“需要你回趟家。”郑老师说学校这边会安排一位老师陪她去机场。

阿衣莫迷迷糊糊被拖上了校车，在机场等待了足足两个小时，换了最近一班去成都的飞机，再从成都绕道回到西昌机场。一路上她看看黑夜，看看下方的乌云，摸摸自己的头发，乱糟糟的似乎涂了一层油。

回到凉山老家的时候已经是第二天下午。

地上光秃秃的石子仿佛有一股神奇的引力，拖拽着妈妈的身体。住在乡里的、周边村子的、家支里能联系上的亲友都聚在一起。

爸爸的头发上有一种和羊奶很像的味道。他的脸蛋红扑扑的，阿衣莫第一次见他化妆。他躺在冰棺里。盖子没盖。

身上裸露的只有脸庞，大人嘱咐其他地方碎了，别碰。

两天前，他从新家回老家，为了省钱搭了一辆小货车回去。结果货车违规载人，加上阴雨天路滑，司机操作不当从山崖滑落，撞向了金沙江。最后翻落五十多米高的悬崖，卡在了江滩上。

救援人员花了整整一天，调来了大型机械，才把车辆和车上的五个人抬了上来。

这一幕阿衣莫太熟悉了。参加长三角博览会泛舟江上的时候，她就想起过那条建在山崖旁边的小路。江水现在还是过去的颜色吗？爸爸掉下去的时候闭上眼睛了吗？会不会跟小时候做梦从高处掉下来一样，感到屁股痛，痛一下就醒了？

“怎么回事？”阿衣莫问。

妹妹说，搬到新家后，父亲一直记挂家里的那些田。村里说有一个企业家，想包下很多田种花椒和荞麦，打造本地一流的农业集团。他们派了几个工作人员来考察。父亲得知后很心急，想回家和那几个工作人员碰碰头。

他没有跟任何人商量，包括母亲。弟弟妹妹更不知道爸爸的想法。

他是希望田地被承包走，还是不愿意把田地交给别人？现在没人能说出确定的答案。

母亲认为父亲是希望快点把田地交出去，换到租金，以此改善新居的生活。

弟弟妹妹觉得爸爸的想法是拦住那些工作人员。他和土地间一定有不可分割的关联。

“已经不重要了。后来呢？”

“没了。”妹妹的脸上全是鼻涕和眼泪。阿衣莫用衣角帮她擦了擦。

阿衣莫叫她拿点水给妈妈和弟弟。她的表现异常沉稳。家支里的亲属不停宽慰她，哭出来吧，哭出来就好。阿衣莫很为难，她是真的没有眼泪。也许是飞机速度太快，悲伤被落在了千里之外的宿舍，还没追上她。

爸爸的后事放在老房子办。阿衣莫看到屋外角落有两把爸爸新买的采摘器。大小和老虎钳差不多。背面贴了标签——摘花椒神器拇指刀。

看样子父亲是想好好收拾原先的田地。不知道这个想法到最后有没有改变。办后事的那些天，阿衣莫只哭过一次。

和上次闹灾不一样，当时阿衣莫觉得天都要塌了，感觉浑身上下的血都可以变成泪，像打针用的针眼，一点点宣泄内心的苦楚。当时一切都是未知数，而现在，结果一目了然地摆在面前，她觉得不太真实。老房子里早就没有了水渍，墙角的那些湿漉漉的土砾也早就被清理了。

事情办完后，妈妈提出把东西从新家搬回来，重新回老房子住。

“他是对的。”妈妈懊悔自己的选择，不应该想这么多办法劝父亲搬新屋。人没了房子有什么用？妈妈的哀号不重，嗓音像破了洞的鼓风机，沙哑中漏着风的悲戚。她的眼泪快干了，锅里的面汤也干了。

“面条糊了，吃点吧。”阿衣莫说。

弟弟问妈妈什么时候可以回家。

妈妈瞪着他说这里就是家！弟弟说不对，紧接着一个巴掌扑面而来。啪——嘴唇内壁应声破裂，鲜血渗到牙缝。

阿衣莫没有拦妈妈，也没有说弟弟。

她没有情绪波动，像海一样波澜不惊。

家支里派人给家里送了点日用品，阿衣莫带着弟弟表示了感谢。到了做饭的时间，她熟练地折断柴火生火。浓浓的烟催出了大大的泪滴。这些天来她第一次流这么多眼泪。

算上半个暑假，阿衣莫离开家满打满算才五个半月，现在回想起来恍若隔世。

这次在凉山阿衣莫一共待了半个月，该到离开的日子了。

阿衣莫抱了抱母亲，没人的时候她躺在床上，做什么事情都提不起精神。

五米开外的路灯亮了起来，抛下幽黄的灯光，比月亮更亮。街头三三两两的行人很快走散，除了百货店和对面的一家小饭店，别的地方已经没有了人影和灯光。

新家还有很多东西没有搬回来。母亲似乎已经不着急了。她拿着爸爸留下来的拇指刀在屋后的田里转了好几圈。这些地她打算都自己来种，不交给别人。

袁馨秋趁去办公室交作业的时候特地看了看黑猫老师桌

子上的值班表。挑了他晚上一个人值班的时候，假装上厕所从夜自习教室溜出来。

她从兜里掏出早就准备好的厚厚一沓稿纸，加起来一共是八张。她反复检查过五六遍，怕字迹不清楚，还专门誊写了一遍，所以这个数字记得很清楚。

冷风刺痛裸露的右手，她却不敢把手重新放回口袋，生怕弄皱了这些鼓鼓的稿纸。推开黑猫老师办公室的门，确认办公室里只有黑猫老师一个人，他的案头全是散落的纸和书，连放水杯的地方都没有。

袁馨秋进门后，第一时间关门，还把门反锁了。

黑猫老师连忙从椅子上弹了起来，不停摆手，叫她把门打开。

“把门开着吧，没关系。”

“老师我有很重要的事情想向您请教!”

“没关系，不影响的。门别锁。打开吧——不然别人以为我们在搞秘密工作。”黑猫老师不希望和女学生关在一个房间。在他的坚持下，袁馨秋把门锁拨回最初的位置。

“有什么需要老师做的，你尽管说。”黑猫老师看出袁馨秋的神情有些反常。

她的动作比刚进来时缓慢了许多，仿佛花了很大的力气，把那八张稿纸送到黑猫老师的案头。

稿纸的标题很显眼，写了大大的三个字：起诉书。

“你要打官司?”

“对，我要去法院告他们，让法官还我们公道。”

袁馨秋不怕黑猫老师笑话，直截了当说出自己的想法。爸爸妈妈做耳蜗一共被骗了十二万，这件事情她不能就这么算了。

“钱倒是……”她本想说钱不重要，可是话到嘴边怎么都吐不出来，这谎话太假了，这笔钱他们起码要攒好多好多年，“重点是受害者，也就是我的爸爸妈妈现在每天都没精神，人都快垮了。”

请律师太贵了，她没办法承担，所以自己搜索了网络上的起诉状的模板和范例，模仿着写了一份。说这些的时候，袁馨秋时不时看向房门，生怕有人会突然闯进来。

她本来想说说自己调查的经过，是如何顺藤摸瓜找到骗爸爸妈妈的那家公司的名称的。但是黑猫老师紧锁的眉头，让她打消了这个念头。

“袁馨秋，我理解你的心情，也很佩服你的勇气。但是这有难度。首先你是个未成年人……”

“老师，我有心理准备，您先看看这份起诉书有什么需要修改的地方吧。”

黑猫老师舔舔干燥的嘴唇，想了很久，终于再次开口。

“首先这件事情不一定算诈骗，但是一定可以算民事纠纷。所以标题不是写‘起诉书’，而是‘民事起诉状’，这一定不能弄错。”

黑猫老师找了一支铅笔，在稿纸上轻轻做着记号。

首先，列明各方诉讼参与人身份信息。其次，具体说明诉讼请求。最后，表明事实与理由。他列了一个提纲，专业的法律文书和平时写作文不一样，有普遍公认的格式和术语。

“本来在你们高二，教材里会有两页相关的拓展内容专门来普及这些知识。”

他说了很久，怕袁馨秋记不住，把很多重点记在了稿纸背面。

“你不打算报警吗？”

“报警？这不是只能打官司吗？”袁馨秋问。

“你小时候难道没有学过一句顺口溜，有困难找警察叔叔。”黑猫老师说。

袁馨秋想了想，认真地摇摇头。

黑猫老师打算明天通过学校，先把这件事情向辖区派出所反映。他承诺会认真和学校沟通，一起尽最大的努力帮助袁馨秋。

“谢谢您。”

袁馨秋深深鞠了一躬。跑出办公室前，想起老师关于开门的嘱咐，特地返回，把办公室门开到最大。

“啊这……谢谢你。”黑猫老师尴尬地笑笑。猛烈的寒风瞬间涌进办公室，出神的他打了好几个喷嚏。

阿衣莫家里发生了变故的消息很快在班级里传开了。她无缘无故消失半个多月，肯定是出了大事。

有人私下打听，有人当面询问。刘国琴她们好几次厉声喝止了那几个看热闹的人。课间的时候，班长林波走到讲台上清了清嗓子，想代表班委会告诫大家不要探听同学的隐私，要互相尊重。他没有指名道姓地批评，说话的语气很客气，每说完一句后面还搭了半句口头禅“好不好”。

第一次说完“好不好”，台下零星有人在偷笑。第二次说完“好不好”，很多人直接大喊，不好——

他真的很想当好这个班长，可惜台下的同学们几乎没人给他这个面子。

“快下去吧，我的好班长！”哈哈哈，台下哄闹声一片。

“吵什么东西——别人的事情这么关心吗？一个个嘴碎得跟长舌妇一样！”

袁馨秋实在忍不住了，以前上初中的时候也有人这么喋喋不休地议论她家里的事情。好像她们是侦探一样，一定要查出点什么真相才好。她用力拍了桌子，用怒吼压住了这些嘈杂声。

看到阿衣莫趴在桌子上，脑袋埋在胳膊里，后背微微抽搐，袁馨秋突然觉得自己没有那么讨厌阿衣莫了。至于为什么她说不出来。她的目光柔和多了，想起夏雪儿到现在还杳无音信，有人传言她做了好几次手术，不由得担心阿衣莫，很想知道究竟发生了什么。

阿衣莫看到袁馨秋怒拍桌子，也想起了夏雪儿，上一个为她仗义执言的正是夏雪儿。也许这也算物是人非吧。

阿衣莫一连好几天没去布艺工作室。待在教室里做作业，去图书馆借了很多厚厚的文学名著，她说最近喜欢上了看书，想一个人静静。

除了陌生人，这句话没人相信。

“我带你去我家转转吧。这个周末好好休息一下。”小鱼老师决定带阿衣莫回自己家，去散散心。阿衣莫抬头看着小鱼老师，眼神里很平静。

“谢谢小鱼老师！我就不去了，还要刺绣呢。”

“汽车票已经买好了。”小鱼老师知道她现在的镇定都是暂时的。

周六一大早她们从学校出发，坐上了前往舟山的长途汽车。车程足足两个多小时，中途需要转车，前往码头。时间经过精密计算，因为轮渡一天只有两趟，上午下午各一次。稍有不慎就有可能错过轮渡的班次。

“这里应该造一座大桥。”阿衣莫说。

“岛上没什么人了。这么做太劳民伤财了。”小鱼老师很熟悉这艘船，告诉她厕所在二楼，那个门锁有铁锈，锁门的时候要格外用力。上厕所得带上手机，照明一下，里面灯坏了很久了，光线不太好。座位底下有救生衣，如果情况不对可以及时穿上。

“不过这么多年从来没有情况不对的时候。”小鱼老师说。

阿衣莫愣了愣，反应过来后直截了当指出这句话说得不恰当。

“金沙江旁的那条路一直也很安全，在……在之前没出过问题。所以老师，你不能这么说。”她现在极力回避和父亲有关的词句。

小鱼老师说了两遍抱歉。随着海鸥越飞越近，岛屿的远影渐渐映入眼帘。嘎吱嘎吱，靠岸的一瞬间，阿衣莫感觉渡轮像一个上了年纪的老人，浑身上下的关节都颤抖了一下。

在岛上，打车软件几乎是无效的，要找熟识的司机或者骑公共自行车。小鱼老师只有一张公交卡，只能借一辆自行车，所以她们最后选择步行。

这座岛叫兰屿岛。小鱼老师说这其实是个语病，屿是岛的意思。兰屿岛其实是兰岛岛的意思。村民喊惯了“兰屿岛”，所以这个名字保留了下来。

“兰岛岛这个名字很可爱，听起来像是一个姑娘。”阿衣莫说。

“兰岛岛，兰岛岛。”小鱼老师跟着喊了两遍。

“好主意！就这么称呼这里吧。”

小鱼老师拍拍她的后背，夸她今天穿白色短袖很精神。

兰岛岛的沙滩是月牙形的，民房大多刷上了白漆。这里和上次见到的大海不一样。大海不像动物了，更像是造物主本人。海风吹打岸边的树木，海浪席卷淡黄的沙石。海天之间似乎没有其他力量可以与其媲美。走到山腰可以看到停靠在码头的几艘渔船。

阿衣莫想到了作文书里最老套的比喻，像几片前途未卜的叶子。

这座岛屿像是两个拼接在一起的蒙古包。岛屿中央有两个山头，一大一小，十分明显。一路上她们遇到了好几位村民，还有装满建筑材料或海鲜的小货车。大家都认识小鱼老师，热情地同她打招呼。

“小鱼老师，你是这里的名人吗？怎么这么多人认识你！”她们打招呼的时候，阿衣莫总是不由自主后退半步，把脸藏到小鱼老师身后。

“阿衣莫，你知道有个词叫幸存者偏差吗？”

阿衣莫默默摇头。

“其实不是我有名，是因为这座岛……是因为住在兰岛岛上的人越来越少了。少了自然就认识了。很多人，包括我很熟悉的人都搬走了。”小鱼老师解释道。

小鱼老师的家位于兰岛岛的西侧，那个“小蒙古包”顶端。她家附近的马路两侧花花绿绿，每间隔几米就画着色彩鲜艳的图画。有露出微笑的占满整面墙的大章鱼，有彼此拥抱在一起的大渔船和小渔船，还有蓝色、白色线条交织的各种各样的几何图形。

“好漂亮。”

“唉，不要大惊小怪。这只是比乱涂乱画稍微好一点。”

“那不是，比我画的好多了。”阿衣莫拍了不少照片。

新鲜感过去后，重新审视这座小岛，阿衣莫发现这里确实居民很少，很多小屋房门紧闭，门口长满青草，应该很久没人进去了。小鱼老师热情介绍着那些空屋子原先的主人。

那一间矮的住过一个老伯，他会写诗。有一句特别好，好像和太阳、和影子有关，可惜现在忘记了。他的诗歌没有在外面发表过。

那一间高的住过一家五口，他们喜欢在家门口晒海货，所以总是臭臭的。

还有那一间塌了的，住过谁不记得，小鱼老师只记得是在一天的正午塌的，稀里哗啦，当时她还以为是晴天霹雳，吓了一大跳。

原来只是一间屋子倒了。

反正它总要倒塌的。和那些现在还很挺拔的屋子一样，大家都要成为稀里哗啦的一堆砖瓦。

对了，还有夏天的时候路上偶尔会有小蛇；岔路口的那棵柳树年纪真的很大，小时候就在了；还有以前坡顶有一口井，半条小溪，里面有人养过淡水鱼。在海边养淡水鱼，很神奇的。不过现在水变小了，鱼也绝了。

“不说了，再说我觉得自己也有点唠叨了。我明明年纪还不大。”小鱼老师吐吐舌头。夕阳微微倾斜，每一间房子都在拿最好的一面迎接霞光落幕。

小鱼老师的爸爸妈妈很热情，看年纪可能有七十岁了。由于日晒和风吹，他们的皮肤看起来比实际年龄更苍老。尤其是她爸爸脸上有一块皱皱的老年斑，笑起来像是半朵折叠起来的黑玫瑰。

他们提前接到了消息，已经烧好了一桌菜。

“阿爸阿姆，不是说过了吗？多弄点肉，孩子可能吃不惯海鲜。”小鱼老师看完菜品，情不自禁埋怨道。

“你这个人呀，人家从内陆来的，吃不着海鲜，当然要多弄点小海鲜喽。”

他们说的是方言，阿衣莫再怎么努力也无法理解其中的含义，只能保持微笑。她管小鱼老师的爸爸叫鱼师傅，管她妈妈叫鱼阿姨。

吃完饭天色彻底黑了。鱼阿姨收拾碗筷，鱼师傅熟练地取出一根一米多长的大毛笔，打开房门，让屋里的亮光照亮门口的水泥空地。

鱼师傅在写书法。毛笔在水龙头下飞速旋转，吸饱了水，然后工工整整在地上飞舞。他写的是楷体，字迹异常工整。

他写了一首词，是李煜的《相见欢》。阿衣莫以前没有读过。

“胭脂泪，相留醉，几时重。自是人生长恨水长东。”她不知道其中的意思，但字里行间能看到“难过”这两个字。

写完后鱼师傅又开始画画，光线太暗，阿衣莫没有看清。

晚上她和小鱼老师睡一个房间。屋子不大，但是贴了粉红色的凸面墙纸。躺下后，两个人开始有一搭没一搭地聊天。

小鱼老师说，她的外婆家也在这座岛上。那是一座土房子，倒塌了半边。

“小时候我希望来台风，最好天天刮，这样就不用上学了，最好把房子也刮塌，这样我和外婆就能住上邻居那样的两层小楼了。我真的好想爬楼梯呀。”

“爬楼梯很累的。”

小鱼老师说自己问过外婆。是不是土房子垮了，就能建新房。外婆耳朵不好，她问了好几遍，外婆好像一遍都没有听见。

阿衣莫没有接话茬，她遇到过这种情况，小鱼老师的外婆可能不是因为没听到才这样。

小鱼老师翻了个身，稍稍拉开窗帘。还说了一件事情，小时候她们家没有电视机，五十米外的一户老邻居家有电视看。那时不下雨的时候她经常偷偷溜到人家窗户边看电视节目。

“那户人家有一个大哥哥，人很好。他和我说话的时候声音很轻，一直叫我小名。”小鱼老师对这些印象深刻。

后来有一天他们把窗户关起来了。她哭了很久。

外婆气得想找那户人家好好理论一番。外公劝下了外婆。后来他们凑钱去岛外买了一台电视机。可惜没有经验，外公没有买专门的电视天线。电视机打开后搜索不到电视频道，屏幕上全是雪花。

“这也挺好看的!”小鱼老师还记得当时自己说的这句话。

她搬来一把小凳子，坐在满屏雪花的电视机面前，给外公外婆表演节目。

她演过新闻频道主持人，演过公主和皇后，演过七仙女下凡，还演过动物世界。小鱼老师最喜欢扮演的动物是考拉，这样可以叫外婆扮演桉树，她就紧紧粘在外婆身上。

“明天我们……”阿衣莫想问明天是不是可以去看看小鱼老师的外婆。可是话刚出口就觉得这么说很冒昧。她的父母看起来七十岁了，她的外婆应该早就不在了吧。

“什么?”

“没什么。后来你们买电视天线了吗?”海岛的夜气温下降得特别快。她不由自主靠近小鱼老师。

买了。窗外起风了，但是星星好像更亮了。淡淡的云雾被风驱赶着东奔西跑，它们路过星星，短暂遮住星星，看起来星星真的很像在眨眼睛。

“阿衣莫，你是怎么劝服……你们搬新家的。给我出出主意吧。”小鱼老师说她父亲态度很坚决，不肯搬走，“你可不可以帮老师一个忙。我以朋友的名义邀请你，帮我出出主意。”

“可以呀。那……我想先知道您父亲是一个什么样的人？他为什么想留在这里。”

小鱼老师说原因很简单，有感情了舍不得。

鱼师傅喜欢画画写字，平时他会在地上用毛笔蘸水练习。有灵感了再去找一间没人的旧房子，把老房子的外墙当作自己的画布。

“外面墙上的都是您父亲画的？”

“对，都是他的杰作。”小鱼老师故意在“杰作”这两个字上加重读音。

“反正他就是喜欢待在这里不肯走。”

“和我爸爸一样。”

谈话好像被按住了某一个开关，一下子戛然而止。

小鱼老师连忙转移话题，小岛背面有一片小小的花海，以前撒了很多花籽，到了春天就会特别好看。明天可以去花海拍照，然后再去花海前面的沙滩放松。

“这里的贝壳种类比我们上次去的那片海还要多。”

不知道她们的话题是在哪里结束的。小鱼老师的呼吸渐渐平稳。阿衣莫也看够了星星，闭上了酸胀的眼睛。

闭上眼睛后的某一个瞬间，她想起老师说到的贝壳，突然从被窝里坐起来，阿衣莫想起上次回家的时候没有把自己老早准备好的桌布和小贝壳拿回去。她明明准备了很久。当时小鱼老师还没有给她布置比赛任务，当时袁馨秋还待在工作室里学刺绣，她只能偷偷摸摸在黄手帕上绣妈妈喜欢的带有凉山传统的图形。

本来她想让爸爸见见自己亲手从海滩捡来的小贝壳，密密麻麻的一大堆，他见了肯定会很高兴。他从没见过海。

这些画面像密封的塑料袋套住了她的脑袋，令她无法呼吸。她仿佛被抽干了全部的精气神，瘫倒在床上抽搐，流泪。小鱼老师从梦中惊醒，连忙询问情况，可阿衣莫只是无助地摇摇头，一个劲地摇头。

十几分钟后，隔着厚厚的院墙，几只海鸟听到了歇斯底里的吼声哭声，吓得连忙扑扇翅膀回到半空中。隔壁人家养的小狗也开始嚎叫，陌生人的音色令它格外警惕。

阿衣莫双手抱头，狠狠撕扯自己的手掌，似乎想把它拧成麻花。一座火山在心底喷发，瞬间吞没所有。曾经的自我安慰、他人劝导在此刻都不能阻挡这座名为“悲伤”的熔岩。好像是海鸥的叫声，也可能是鸡叫，突然唤醒了她。阿衣莫发现小鱼老师紧紧抱着自己。她止住哭声，表示想去厕所或者外面别的地方一个人静静。第二次流泪时，泪珠比第一次更大，哭声变得嘶哑。她在手臂上掐出好几处血痕和淤青。

宁静的兰岛岛已经很久没有过这种动静。

第二天的行程有了新变化。

鱼师傅穿好围裙，主动提出要去画画，邀请阿衣莫一起去。他准备好了脚手架，还有铅笔、粉笔、勾线笔、水粉笔、橡皮。谁都没有提昨晚的事情。

“旧报纸别忘了拿，可以垫一垫。”小鱼老师面无表情地嘱咐道。

“我知道。”鱼师傅瞪了小鱼老师一眼。

他们三个人走着走着，小鱼老师主动挪到了队伍最后面。

阿衣莫不自觉放慢脚步，想等一等她。鱼师傅告诉她不用。

“她会来的。每次都躲我躲得远远的，这习惯改不了了。”果然绘画的全过程，小鱼老师只是远远地找了一个石墩子坐着。

阿衣莫有些手足无措，靠近脚手架不合适，走远一点去找小鱼老师也不合适。

“都当老师了，当着学生的面，还这么孩子气。”鱼师傅皱着眉头埋怨。

鱼师傅在画的叫渔民画。他说自己这个是改良版的，颜料可不是普通美术课上的颜料，是丙烯。

“只有专门画在墙壁上才会用。”

阿衣莫注视着鱼师傅的画笔。今天他画的是鱼。铺天盖地、五颜六色的鱼。鱼头一个个高高仰起，不约而同朝向头顶的太阳。花花绿绿的鱼集合在一起，远看很像鱼群构成的瀑布。

突然，她发现昨天在黑暗中，在水泥地上，他用蘸了水的毛笔画的好像也是这个造型。

其实不搬走也挺好的。阿衣莫对自己说。

兰岛岛和老家一样，都有它值得记住的地方。她很喜欢这些画，和鱼师傅聊了很久。鱼师傅带着她把附近好好逛了逛，一一介绍他在街道上作的那些画。

阿衣莫用手机仔仔细细拍了照片。

“我可以把这里面的图案用到刺绣上吗？”

“刺绣？”

看来小鱼老师没有把学校里发生的很多事情告诉她的父亲。这好像是每个孩子长大后都会养成的习惯。

阿衣莫看了看坐在墙边正在看手机的小鱼老师，简单介绍了一下“有点蓝”。

“小鱼老师在你眼里是好孩子，还是坏孩子？”她突然问了一句好像不合时宜的话。

“哈哈，和你一样，都是好孩子。”鱼师傅意味深长地笑了，“孩子不管几岁，在父母这儿都是孩子……在父母眼里其实没有坏孩子。不管到什么时候，不管身处何地，不管这个世界如何变化……父母子女一定是心连着心。就比如说我的父母，过世这么久了，但是我相信我画的画，他们会看到。所以我们必须努力生活，热爱它。”

除了最后一句，这段话他说得有点磕磕绊绊。阿衣莫掏出手机想看看时间。鱼师傅抢先一步告诉她，现在十点出头。

“你怎么会知道？”

“你看对面的砖缝，每天影子到第三格地砖就是十点，到第四格就该吃午饭了，到第七格可以睡个午觉。”鱼师傅解释，一个人空闲的时候什么都会研究。

吃过中饭，下午四点就要返程了。离开前，小鱼老师找来自行车，带着阿衣莫绕着兰岛岛骑行。她们登上了那个大一点的“蒙古包”顶端。上面有一座上了年纪的废弃灯塔。红色的塔顶，白色的塔基，很像刚做好的草莓奶油蛋糕。

她问小鱼老师这里的房价是多少。

“我想没什么人要吧，这里的老房子可能四五十万一套。你有兴趣？”

阿衣莫没说话。她对价格其实没什么概念，只知道可能比凉山贵吧。心里盘算着打工一个月能挣多少钱，多少时间能攒够这笔钱。

她很羡慕这里的生活，当这里的岛主多好呀。没人的时候，她在沙滩上写了好久自己的名字，越写越靠近大海。她希望海浪能卷走这些字迹，这样就没人看见，这样大海就能知道阿衣莫。

她们登船后，小鱼老师偷偷用手机给鱼师傅发了一条信息：一切都按计划顺利展开，谢谢老爸。

五分钟后她收到了回复。

“这孩子是个好孩子。她心情好像好点了，你多陪陪她。以后可以再来。你毕竟是当老师的人，别再像小孩子一样了。”鱼师傅不会用拼音打字，用手写输入在速度上会比较慢。

第十六章

山屿海

袁馨秋：

口说无凭！你拿什么证明给我看——你现在重新开始认真学习法学了？埋头复习考试了？或者你直接面对面跟我来讲。

那种一时兴起的誓言能不能就别管了！

我的作品入围了全国民间手工艺精品展览，半个月后在西安举办。你过来吧！看看展览，看看我的作品，再顺道看看我！也让我看看你！

你寄来的水果味道不错，再接再厉。我昨天和小鱼老师打了一个多小时的电话，耳朵都焐出汗了。她问我，你最近怎么样。她希望你能回母校去看看。老师们经常说起你。

阿衣莫

阿衣莫不知道，后来鱼师傅又专程给小鱼老师打了很久的电话。她是这通电话的主角。

“有些事情不会这么轻易过去，你要多关心她。”鱼师傅那里的信号不太好，可以听到沉沉的海风声。

“我明白。你之前说过的。”

“就像你外婆走了，即便过了这么久，还是会难过。”

“我知道。”

小鱼老师走到阳台。她租的地方离学校很近，站在十五楼可以看到教学楼。夜晚的教学楼有点像火柴盒，路灯的光把楼宇四周染得红彤彤。他们没有提及搬家的事情，没有说到渔民画和岛上的老朋友。一门心思探讨阿衣莫的性格、遭遇和潜力。

“蓝布上刺绣这个点子你想得挺好的。”

“是阿衣莫最先绣出来的。”

“她说是你提出来的。”

今天的谈话没有涉及任何不开心的内容。自从两年前因为搬离兰岛岛的事情吵架，这是父亲第一次主动打电话给她。他们像是刚认识的朋友，说话的方式像是打电报。一个人说一句，过一会儿，那头再回答一句，一来一回。谁也没有抢拍子乱节奏。

“亲人的离世是一辈子的潮湿。这句话说得很对。”

“嗯，我也看到过，你是哪里抄来的吧。”

“好句子不能抄吗？”

鱼师傅说起自己画渔民画的初衷。

漫长的海堤、雪白的街墙还有灯塔上经常有乱涂乱画的刻字。他抓不到不文明的“肇事者”，就想着用图画盖住它们。可是现在想想，盖住的那些也是别人刻意想留下的印记。

“刻下到此一游的时候，他会是怎样的心情？刻字的人现在又在哪里呢？”

“我只知道在上面画画的人现在正在跟我打电话。”小鱼老师说。

鱼师傅音调逐渐升高，讲起县文化馆邀请他去开一个渔民画个人展览。地点还没最后确定，如果可以的话他们想在市美术馆举办。

“这些你以前没说过。”

“人总有藏起来的心里话。”鱼师傅停顿片刻，又补充说阿衣莫肯定也有。

冬日里的月亮清亮得像刚从冰箱里拿出来，很新鲜，从楼群顶端望去和在海岛坡顶看去都是一样的感觉。

距离中国国际纺织品创意设计大赛作品提交还剩最后十五天。

阿衣莫刚刚构思好主题和画面。这次她的作品名称叫《山与海》。她把凉山的山，看到的海，还有这次见到的兰岛岛放在一起。岛上有电线杆和风车，海里有铺天盖地的鱼。

至于鱼的外形，她参考了鱼师傅的渔民画。

小鱼老师看完草图后，把名称改了一个字。

叫《山屿海》吧。

“屿是岛的意思，更符合主题。”

“还是这个名字好，我第一个想好的题目是兰岛岛。”阿衣莫笑了。

小鱼老师把一幅装裱好的渔民画转交给阿衣莫。这是鱼师傅从兰岛岛上寄过来的。小鱼老师对这幅作品不满意。和鱼师傅以前的作品相比，这幅作品的画面有些空，一共画着五艘船。而且船帆的形状是圆的。

样式很奇怪。

阿衣莫收到后却很高兴，连连道谢。她好像有些猜到了鱼师傅的用意。两艘大船、三艘小船，其中一艘大船驶入远海，另外四艘处于港口内。

她和鱼师傅提过自己家有五口人。这五艘船恐怕也有更深一层的寓意。

圆圆的帆挺好的，可以在上面再加上五官和表情。

“看起来就更像鲜活的人了。”阿衣莫说。

有了前面的经验，“有点蓝”团队对于志愿服务活动的开展变得得心应手。为了便于学员报名，他们开设了微信公众号。地点和时间也固定下来，每半个月一次，在新晨路社区的多功能教室进行。

学员形形色色，有老面孔，有新面孔。

阿衣莫印象最深刻的是一位阿姨。第一次见她是在那次给残障人士培训的时候，她默默坐在教室最后面。后来的几次她也有过迟到，每次都是坐在那个位置上默默听着。

她姓章，名雨，合在一起谐音是“章鱼”。

阿衣莫觉得这是缘分。大鱼老师、小鱼老师、章鱼阿姨，“有点蓝”不知不觉多了一些海洋的味道，大家的名称凑在一起和海洋世界差不多。可惜自己的名字好像和大海没办法发生关联。

不过这样也好，自己更像是岛主的身份。

南方的雪花飘落没有声音，刚落下就被地面的温度融化，化作一摊水，让人误以为只是普通的一场雨。

阿衣莫半夜起夜时发现了洋洋洒洒的雪片，在月光的照映下，它们白得通亮，仿佛搅碎的白云。她本想第二天告诉室友们下雪的消息。没想到第二天一早地面上了无痕迹，只剩下潮潮的地面。隔着窗户，她看到袁馨秋急匆匆地背着书包，快步走向校门，看样子她又请假了。

自上次收到警告信到现在，九花组没有找过她麻烦。望着袁馨秋的背影，阿衣莫突然觉得袁馨秋有些让人捉摸不透。

袁馨秋今天请假的理由和之前一样，因为例假身体不适，需要回家休息。她是早上五点半找到的宿管阿姨，宿管阿姨五点四十跟她爷爷通了电话，五点五十给班主任郑老师说了情况，六点整她拿到出门条，立刻背起书包。

她坐了四十分钟的公交车，一个人去了区人民法院。

望着高高的台阶，她吞了一口唾沫，深吸一口气走了上去。这个时间点法院还没开门，工作人员还没上班，她只能靠在旁边的柱子上耐心等待。

台阶中间有两座石狮子。不对，袁馨秋想起老师说过的，它们不是狮子，是传说中的神兽，龙的九个儿子之一，外形像是一只独角兽，可以分辨是非曲直，帮助断案。

临近八点三十，周边聚起不少等候办事的人。袁馨秋扫视着人群，她在看哪些是来打官司的当事人，哪些是专业的律师。

“小朋友你来做什么？”一位法院工作人员问。

“没事，我在等人。”袁馨秋有些心虚。

门开了之后，她跟随人流走进位于一楼的诉讼服务大厅。来法院之前袁馨秋查过，法院里公开的庭审活动，公民都可以旁听。她顺手带了纸笔，如果运气好碰上了，她想进去观摩一下，感受法庭的气氛，看看律师是怎么打官司的。

她在一个空座位上坐了很久，看着别人在自助服务台排队取号。前方是一排开放式的窗口，样式和她去过的银行、社区党群服务中心有点相像。不同窗口办理不同业务，窗口上方标注着具体业务的名称：档案查询、诉前保全、民事立案、行政立案、申请司法救助、刑事立案、诉前调解。里面有很多名词，袁馨秋是第一次见，比如诉前调解和司法救助。她在网上查了不少资料，也买了《宪法》《刑法》，但是现在看来自己的知识面还远远不够。

人流量稍微减少一些，袁馨秋鼓足勇气走到窗口询问，今天有没有案子开庭，可以旁听吗？

工作人员点头："出示一下你的身份证，可以去十三号窗口查询庭审信息，然后预约就好了。"

袁馨秋没带身份证，而且还未满十八周岁，不具备旁听的资格。

她重新回到空座位上坐了会儿。看着三三两两、匆匆忙忙的人来往于大厅。他们脸上的神情各异，恍惚间有一种置身于电视剧中的感觉。

袁馨秋拿出手机，选了几个角度拍了几张在诉讼服务大厅里的照片。

上上个星期，派出所已经联系过学校和她爷爷了。她们家的那起案子，学校联系派出所后，袁馨秋和父母分别去做了笔录。调查还在进行中。

"咳咳，王律师你可算来了。"

"没事来得及，你放心！"

平凡无奇的对话吸引了袁馨秋的注意。她看到一个西装革履的男子和一个明显农村装束的中年妇女走进电子门。他们没有在大厅停留，而是径直走向里面的安检门，应该是去参加庭审的吧。

这样的画面平凡而常见，没有什么特别，但是袁馨秋却在内心一遍遍告诉自己，这是她的梦想。学法律，当律师，以后可以帮到自己，也可以帮到他人。当遭遇不公、遇到问题的时候，知道如何维护权益。

袁馨秋回到学校已经是下午第一节课的时间。没吃午饭，她在学校超市买了面包，准备找个僻静的角落啃一啃。没想到一扭头身前就出现了五个戴着口罩的同学并围住了她。

他们是生面孔，袁馨秋不认识。但是看架势是蓄谋已久。

“今天我们送货上门。你在纸头上签个字，这事儿就算翻篇了。”为首的是一个块头不小的男生。

这些套路她很熟悉，袁馨秋很快反应过来，他们大概就是新九花组的成员，这张纸肯定就是那个所谓的忏悔书。已经收到好几次了，这次她不打算忍耐。

袁馨秋没有片刻犹豫，冲上去一把抓住了男生的头发，使劲往下面扯。短发很滑，容易脱手。对面的五个学生其实没有打架的计划。叶芊芊告诉他们这好比是做游戏，领取任务，然后一起完成。

“对，就跟真心话大冒险一样!”

现在的情形更让他们目瞪口呆。男生有些惊慌，一把将袁馨秋推开，另外两个女生冲过来试图抓住她的胳膊，结果被她甩开。几个人顺势扭打成一片。

直到下课铃声响起，阿衣莫和刘国琴她们路过，才将他们硬生生分开。

阿衣莫她们本来想趁课间去布艺工作室拿一下落在那里的英语单词册。下午第三节英语课要默写，想临时抱佛脚，再瞟两眼。正好听到有争吵声，就过来了。

阿衣莫又一次用拿手的肘击撞开了纠缠的人群。她怎么也没想到袁馨秋竟然会被围起来欺负。

一打架这件事情就没办法大事化小，小事化了。果不其然惊动了学生处。新九花组重建起来的秘密也暴露出来。

很快老师们顺藤摸瓜，锁定了新九花组的几个核心成员，叶芊芊被请到了学生处喝茶。这次的事态比上次更为严重，属于错上加错。

袁馨秋左眼被一拳打中，肿得像癞蛤蟆的腮帮子。嘴角出血了，脖子上被挠了好几道血痕。小臂上一共有六处乌青，是扭打在一起互掐时留下的。

“这件事情是你在幕后指使的吗？”

“没错，我一人做事一人当。”叶芊芊回答。

“据我所知好像不是这样的吧。你们九花组是一起开会讨论的。”

这次九花组死灰复燃的事件让学校重新审视起学生群体

中自发成立的各种小组织。在下达处分决定前，刘校长亲自约谈了叶芊芊等同学。

“虽然是投票，但是我有办法让大家都听我的。”

“那为什么要对袁馨秋同学出手？她的忏悔信这么重要吗？”刘校长问。

叶芊芊到此刻依然中气十足。

“这是组织发展的必然。”叶芊芊说必须要清除袁馨秋带来的负面影响。她是典型的投降派。

“没有其他原因吗？我也跟你们九花组的其他几个核心成员谈了，他们说的内容和你不一样。”刘校长的发问让叶芊芊第一次有些坐立不安。相比较犯错，她更不希望承认自己失败。

叶芊芊身体微微前倾，两只手用力捏住桌子边缘。

她的确没说实话。新九花组成立到现在时间不长，规模增加到二百多人了。叶芊芊前前后后收了好几千块的会费。本来想在假期举行一个盛大的集体活动，一块儿出行或一起吃大餐。可结果最近这段时间，新加入的组员纷纷要求退出，要求退还他们缴纳的会费。

她需要拿袁馨秋的忏悔信给自己立威。树立了威信，组织才有凝聚力。

“你觉得问题出在哪里？”

“我就是放不开手脚……”

刘校长打断了叶芊芊的话。

“同学们是不是反映了很多问题?”

“嗯。”叶芊芊他们经常开会，线下开秘密会议，线上开视频会议，收集了大家反馈的各种各样的问题，但是这些问题他们没有能力解决。久而久之，同学们才感到失望，想要退出这个看似只会开会的组织。

“其实你们起到了很重要的作用，让我们进一步了解了同学们心里所想。从这一点上，我要代表学校感谢你们。”刘校长提及学校里的意见箱。

在行政楼一楼和教学楼一楼一共设置了两个意见箱。按规定同学们可以把对学校的建议、发现的问题写下来，放进意见箱。可事实上没有人愿意这么做，大家习惯了利用网络或社交平台发声。

“你说得对，我们现在提倡自我学习，自我服务，自我管理。学生会应该成为大家的学生会，让大家都参与……他们应该是怕学校不愿意解决这些问题，所以想借助你们的力量。”刘校长比看上去更通情达理，“但是这种组织和活动很容易走向极端，甚至演变为校园暴力。”

新九花组的很多行为早已越界，比如收取会费，比如私自使用暴力，比如写警告信和恐吓信给同学。

“其实你可以设身处地想想，如果今天被围攻的那个人是你，你会怎么做。”刘校长给这些行为定了性，它就是校园霸凌的行为。

叶芊芊有些后怕，她其实根本没考虑这么多。她心里曾经有个大胆的念头，就是让新九花组彻底盖过所谓学生会的气势。

“我明白此刻我说的这些话，你其实听不进去。我也清楚单纯的讲道理是没用的，但是我相信这些内容你会在今后的某一天某一时刻真正理解并醒悟。”刘校长直截了当告诉叶芊芊，处分是逃不掉的，这次性质很恶劣，学校要严肃处理。下午家长会被请到学校，到时候学生处负责老师和班主任会仔仔细细跟家长沟通。

“本来这次想根据规定将你劝退。”刘校长话锋一转，“但是处分归根结底是为了教育。所以学校考虑再三，改为留校察看处分。后面会交给你们一个新的任务。也希望你们在完成这个任务的过程中能够理解我说的那些道理。”

刘校长把后续的计划简单说了说，叶芊芊的眼睛里一下子闪过微光。

“我一定努力！”

“回去好好整理一下你们收集的意见。当然如果今后还有类似的错误发生，根据校纪校规你的高中生涯可能要就此结束了。”刘校长嘱咐叶芊芊。

得知叶芊芊在学校里的种种表现，她父亲气得翻出许久没用的鸡毛掸子。他摸摸鸡毛掸子上的手柄，担心它太硬。

又看看脚上的塑料拖鞋，放在手里掂了掂，觉得太轻了打起来不够疼。

他没想到这两样东西最后都没用上。

叶芊芊回来后，父女俩没有发生剧烈的争吵，全程都是爸爸在讲，女儿保持沉默。

“我只是想做一个好人，做一个有用的人。我没有想到会弄成这个样子！”叶芊芊的眼泪让父亲忍不住掏出怀里的烟。

“你这个方法不对……”

“那你也没告诉我应该怎么做呀！”叶芊芊想知道爸爸在工作中是如何团结其他人的。

“你这还上学呢，这种东西不用知道。”

“我想知道，你不告诉我。我自己去尝试，结果就做错了。能不能别把我当小孩——”

这一夜他们谈论到很晚。爸爸的语速比挤牙膏还慢，支支吾吾说了一些自己交朋友的经历。成年人和少年一样都有自己的秘密。

“你不想说就算了。我自己也能悟出来！”

叶芊芊的眼泪渐渐干了。她开始认真考虑校长提出的那些计划。

放假前“有点蓝”还有最后一次志愿服务活动。

考虑到年关将至，区里要举办职业技能提升周系列活动，区人社局和大骆镇商量后希望能扩大“有点蓝”团队这次培训的规模，同时给“有点蓝”团队单独举办一个小型作品展。经过反复修改，最终方案确定下来，这次培训改为一场大型的报告讲座，地点由新晨路社区改为区美术馆。

“这次活动的规格很高，分为两个部分。”小鱼老师向大家讲解活动安排，“第一部分是我们‘有点蓝’手工艺作品展开幕，第二部分是我们的讲座。”

展览的地点在一楼临展厅，讲座地点在三楼学术报告厅。

这次的讲座除了大鱼老师、小鱼老师上台讲述刺绣技艺之外，后面还有分享环节，要选派同学分享自己这几个月参与活动的经验。

刺绣、蓝染、打包、店铺运营、客服，每个环节都要选派代表。

“袁馨秋，袁馨秋。”小鱼老师呼喊。

“啊。”袁馨秋有些走神。

“你代表客服发言。每天应对顾客各种各样的问题，你说说心得就好。”

“哦好。”她说完坐下，屁股坐歪差点摔一跤。

阿衣莫看着她，若有所思。

窗外起风了，听不到风声，只能看到树叶四处流浪。阿衣莫突然想起校园里出现过的那几只流浪猫。

“阿衣莫，阿衣莫，你怎么也注意力不集中。”小鱼老师音量提高了一倍。

“我没，我听着呢。”

所有人的任务被安排妥当。两位老师把工作室里的刺绣作品和一部分以前的扎染作品从货架上搬出，一字排开，挑选最有代表性的作为展品。

小鱼老师想过今后有机会给布艺社办展览，可没想到会是现在这样的时刻。回首“有点蓝”从诞生到现在，不到半年的时间，其影响力已经走出校门。要是在半年前有人说，学校布艺社可以在美术馆办一个专门展览，她打死都不会相信。可是现在一切变得不再梦幻。

“阿衣莫，可千万别骄傲呀。”小鱼老师依然觉得“有点蓝”这个品牌还有很大的进步空间。他们踩在了风口，借助好的创意和好的营销方式，以后还可以走得更远。

阿衣莫吐吐舌头，她问小鱼老师展览会不会拍成视频。她想发给家里的妈妈和弟弟妹妹看看。

“当然，还会有新闻报道，说不定能上电视呢！”小鱼老师说。

阿衣莫蹦蹦跳跳，连忙捋捋自己的头发，跑到卫生间照了照镜子。

直到临近熄灯阿衣莫才发现手机上有好几条未读消息，都是夏雪儿发来的。

“你们现在上课讲什么内容呀，热闹吗？”她好像憋了一肚子的话，从校园活动问到老师同学，也问了一些一眼就知道答案的问题，“尔古日木有没有再把杀猪刀拿出来玩?”

阿衣莫揉揉疲倦的眼睛，硬撑着回复她的消息。

眼皮越来越重，室友催促她赶紧准备休息了，手机藏起来，一会儿该来查寝了。此时还有好几个群弹出新消息。有人在聊“有点蓝”的展览，有人在聊新闻里的大事，还有几个陌生人来加阿衣莫好友。

她忘记了给夏雪儿的打了一半的回复。等想起这茬子事儿已经是第二天的夜里，她再点进去发现夏雪儿发了很多可爱的表情包。她没有责怪阿衣莫没头没尾的文字，拍了自己在医院里的挂盐水的照片，病房窗台上她新买了一个鱼缸，里面住着一只代表平安的乌龟。

“吃饭了吗？今天学校食堂的菜怎么样?”

恍惚间，一种异样的感觉涌起，阿衣莫和夏雪儿似乎进行了一次角色互换。阿衣莫变得忙忙碌碌，夏雪儿变得小心翼翼。

充满骄傲的夏雪儿，心里藏着校园内外无数大事的夏雪儿已经悄悄不见了。

阿衣莫打算安慰几句，第一时间想到的词语似乎都不太合适。比如世事无常，你要高兴一点；不管境遇怎么变化，我们都是朋友，我等你回来……总觉得词句之间充满了怜悯。

“学生会怎么样？我的岗位有人接替吗?”夏雪儿又问。

阿衣莫不知道她期待的答案是哪一个。

“工作有人替，岗位没有。”她撒了一个谎，停顿几秒又加了一句，“在等着你。”

夏雪儿最近一定很孤独吧。

第十七章

蓄谋已久的相遇

阿衣莫：

有你真好！

有你们真好！

我爷爷跟我说了，你们去探望过他。他一直夸你们有礼貌，有才华，有善心。

他眼神不太好，但看人很准。我现在在外面念书，他一个人在家真的挺孤独。以前总在意父母对我的态度。可回过头突然发现老头子是真的不容易。我爷爷也可以匹配上我夸你的那个词语——伟大。

我真的比之前好多了。最难过的那段时间，一闭上眼睛周围就有无尽的黑暗向我涌来。它们好像有生命，只是没有五官。

这不是一个箱子里的黑暗。不是盖起盖子，一个人被黑暗困住。

那是一望无际的旷野，没有一点亮光。

大概是学习太难了，让我产生了逃跑的想法。所以我想放弃自己的梦想。但是说来也怪，一方面口口声声说想放弃，另一方面还固执地坚守当时玩笑般的誓言。

你肯定又要骂我是倔驴了。

这么说完，你是不是该相信我了。我的心路历程应该是最好的证明吧。

袁馨秋

每一件布艺作品在进入美术馆前都经过了精心装裱。透明的玻璃、淡黄色的木框和蓝布、白线搭配在一起格外有韵味。它们被悬挂在白墙上，厚厚的标签纸上注明了作品的名称和作者，贴在作品的右下方。

美术馆里，工程部的师傅们在开幕式的前一晚，仔细调整天花板上的灯具角度，确保一盏盏墙灯和射灯能够聚焦到作品。

伴随主持人浑厚的嗓音，“有点蓝”手工艺作品展览正式拉开帷幕。开幕式上区人社局的领导为大鱼老师和小鱼老师颁发了社会技能培训特色项目兼职讲师的聘书，大骆镇的领导为同学们颁发了“大骆镇年度优秀志愿者”的证书。

今天报名的人数特别多。报告厅里两百多个座位都坐满了，过道里还临时加了两排塑料凳子。

阿衣莫一眼就认出了章鱼阿姨。她今天带着十来个她的伙伴来参加培训。讲座开始前，阿衣莫和她打了招呼。章鱼老师热情地向她介绍自己的伙伴，她们以前是同事，在大骆镇上的纺织厂工作。后来纺织厂倒闭了，各自寻了新行业。现在年龄大了，还是染布刺绣适合她们，能够陶冶情操。

“小姑娘，听说你的作品入选过专业性的展览呀。”章鱼阿姨问。

“啊，没有没有，运气。”阿衣莫脸瞬间变红，比染布的速度快多了。

观众席里还有许多熟面孔。阿衣莫认出了曾经坐在自己右边的那个“助听器叔叔”，他好像也带了两个朋友，戴着口罩和帽子把自己遮得严严实实。可是今天现场好像没有配备手语老师。阿衣莫有些担心他们听不到下面的讲座内容。

讲座在阵阵掌声中正式开始。大鱼老师和小鱼老师讲了将近五十分钟。

“今天我们设置了一个特殊的分享环节，由我们明州职高‘有点蓝’团队的学生代表和大家讲述他们参与这项工作的经历和心得。”小鱼老师介绍道。

刘国琴第一个登台。她可以脱稿发言。她把自己比作孙悟空，把蓝布比作五指山，讲了压在“五指山”下的那些日子。台下笑声一片。

阿衣莫提前写好了讲稿，上台快速念完了稿子。除了语速太快，其他没有很大的缺陷。

变故出在袁馨秋身上。

轮到她上台的时候，她突然不见了。谁都没有见过她。开幕式的时候她还上台领过奖，后来在报告厅里她也提前走台，简单彩排了发言的次序。她还找其他同学借了手机，打了一个电话。然后就突然没了踪迹。

活动还在继续。

“袁馨秋同学在现场吗？接下来由你来分享做客服的那些故事。”

“看来袁同学临时有了新任务。其实做客服就是这样，需要处理顾客提出的各种各样的问题，会遇到很多紧急情况。”

左等右等，袁馨秋始终没有出现，主持人好几次成功救场，才使得气氛没有十分尴尬。观众席中也出现了一些骚动。随后主持人跳过了袁馨秋，把负责店铺运营的谭少云请上了讲台。

除了袁馨秋这个小插曲，其他的环节都比较顺利。

活动结束后送走了嘉宾和观众，几个同学开始到处寻找袁馨秋。阿衣莫动作最快，她在一楼临展厅里的厕所发现了一间锁起来的隔间。这里面应该有人在。她喊来了小鱼老师。躲厕所流泪这个事情阿衣莫做过太多次了，已经哭出经验，所以找起来完全不费劲。

打开隔间门，里面果然是袁馨秋。她哭得两腿发颤，身体像刚做出来的年糕，软软的。小鱼老师抱住了她，叫阿衣莫先出去，顺便带上女厕所的大门。

袁馨秋没有想到会在今天这样的场合遇到自己的爸爸妈妈。

一开始她的注意力都在稿纸上，一门心思准备自己的发言。可就在发言前，她瞥到观众席中有两个很奇怪的身影，身体像刺猬一样蜷缩，戴着口罩和帽子。她觉得有点可爱，像胆小的小仓鼠。但很快他们旁边戴助听器的那位叔叔让袁馨秋瞪大了眼睛。她想到了什么。

为了确认自己的猜想，她借了一部手机打了电话。果然那个戴口罩和帽子的男人掏出了手机。

没错，就是他们。

那一刻袁馨秋突然想起助听器叔叔在之前培训时的表现，他的动手能力和接受能力明显要优于其他学员，可能有基础有经验，可能和爸爸一样做过裁缝。

她的大脑一片空白，完全忘了自己是如何走进厕所，如何锁上隔间的门。厕所的顶灯十分明亮，她却感受到前所未有的黑暗。她默默抱紧自己，直到听到小鱼老师拍打隔间门，叫她打开。她不想打开，但双手出卖了她。

“没事不着急，抱住我，这里没有别人。”小鱼老师说。

刘国琴他们几个还在到处找袁馨秋，看到阿衣莫守在厕所门口，连忙询问。

“啊，人已经找到了。你们先去等公交车吧。”阿衣莫说。

“她人呢？”刘国琴问。

“在挨批呢，你要不要陪她去？”

众人摇摇头，他们捧着证书，兴奋地在临展厅寻找自己的作品，然后合影留念。

有路人想借用厕所，阿衣莫撒谎说里面设备坏了在检修，麻烦她们移步二楼。臭烘烘的味道闻久了，鼻子渐渐适应了这样的环境。袁馨秋大口呼吸着空气，大脑依旧一片空白，眼泪少了，身体还在不停抽搐。小鱼老师的嘴巴此时和金鱼一样，微微张开闭合，不知道在说些什么。

“其实……‘有点蓝’……很适合他们……”袁馨秋带着哭腔说了这么一句话。

小鱼老师喊阿衣莫去买一瓶水。她小声埋怨，还是照做了。

小鱼老师决定单独打车带袁馨秋回去。阿衣莫跟着大部队一起坐公交。

刘国琴他们很好奇，袁馨秋怎么还在挨批，小鱼老师发了这么大的火吗？

“废话，不然你去试试。等你要上台前，玩一次失踪。信不信把你绣到蓝布上。”阿衣莫又撒了谎，“我们赶紧回去吧，别撞枪口上。”

公交车上同学们扎堆坐在靠后的位置。有人反复欣赏红灿灿的证书，有人讨论放假后的出行安排，还有同学在商量应付期末考试的秘诀。他们的玩笑听起来很像认真在研究，抛硬币和抛骰子，哪一种更适合做选择题时用。

阿衣莫不声不响，闭上眼睛。她有点后悔，刚刚应该在买水的时候再买一包纸巾，然后让小鱼老师给袁馨秋擦擦。

偷偷哭泣的时候最怕脸上留下泪痕，最怕眼睛和鼻头发红。

另一边袁馨秋的呼吸终于变得平顺。她不理解今天爸爸妈妈怎么会突然出现在会场。小鱼老师和她坐在后排，轻轻拍拍她的肩膀：“我讲讲自己的猜测好不好?”

那位助听器叔叔肯定是袁馨秋父母的朋友。上次培训因为某些意外认出了袁馨秋，但是他没有表露出来。这次看到了讲座和展览的预告通知，觉得人多不会被发现，就带着她爸爸妈妈一起来看她。不想让袁馨秋认出来，所以戴了口罩和帽子。

“他们为什么来看我。不是说……不要我和他们的生活发生关系吗?”

小鱼老师一路上一直搂着她的肩膀。老师没办法告诉袁馨秋答案。这是一道旁人无法干涉的问题。

“他们很在乎你。”小鱼老师说。

“我当然知道……不然他们不会叫我跟爷爷住。他们总怕拖累我。可是他们有没有问过我愿不愿意。”

小鱼老师提出由她出面，请袁馨秋的爸爸妈妈来学校好好聊聊，争取能有所改变。

“谢谢你老师。不过这样是没用的。”她说小学、初中老师都想过这个办法，也打过电话，也亲手写过邀请信，但是都是爷爷过来，他们一次都没有来过。

小鱼老师还有一个解决方案，有机会的话继续举办这样规模大一点的培训讲座。他们一定会再来。

“还会再来吗？”袁馨秋问。

“你昨天吃了饭，今天还吃吗？”小鱼老师说，父母和子女的关系跟吃饭是一个道理，里面学问很多很深，但有时候也很简单。反正每天都要吃，首先得吃饱。

那位助听器叔叔是关键人物。小鱼老师答应袁馨秋，想办法要到他的联系方式，后面可以给他发短信，侧面鼓动袁馨秋的父母来现场。

“这个不能太直接，也不能太着急。”小鱼老师解释。

“我知道的。”

袁馨秋没有在小鱼老师办公室逗留太久，擦干眼泪，在外面她依旧是那个天不怕地不怕的姑娘。

活动结束后的第三天下午，飘着细雨，躲藏了一天的疲惫渐渐冒出头。第八节课正好是社团活动时间，电商专业实训室里突然爆发出一声高分贝的尖叫。

“多少？四千？”尖叫过后，一个女生凝视着屏幕，两只手微微颤抖。

“怎么了？怎么了？”周围的人立刻围了上去。

“有人要花四千元购买《无边岛》！”

实训室里除了“有点蓝”团队的两个电子商务专业学生、袁馨秋，还有二十多个电子商务专业集训队的同学。他们在为明年初的市技能大赛做准备。

这一个消息勾起他们十足的兴趣。正好老师又不在，大家纷纷离开座位，跑过来一探究竟。

半个月前，阿衣莫之前参加长三角民间艺术博览会的那件刺绣作品《无边岛》被拍成图片，上传至《布作记》APP里，得到了很多人的点赞和评论。起初大家都不在意，可是今天突然有网友提出要花四千元收购。

负责店铺运营的同学是谭少云和沈斌。谭少云很谨慎，冷静下来后立刻询问对方付款方式和交货日期。他怀疑发信息的网友是在故意开玩笑。

对方发来两张图片，一张上面写着他的真实姓名、联系方式和收货信息，另一张是他古色古香的书房，里面隐约能看到好多手工艺品。

“快快快，去工作室，把阿衣莫叫过来！”

同学们都很激动。阿衣莫火急火燎赶过来后，没有吭声。

“你快给个答复，对面还在等我们呢?”

“我不想卖。”阿衣莫拒绝了。说完转身就走。

谭少云来不及劝她，只能如实回复。可没想到对方态度很坚决，以为是嫌弃价格低，然后硬生生把价格一次次往上抬，最后定在了六千六百元。

阿衣莫又从工作室被请了过来。这次小鱼老师也来了。

阿衣莫仿佛做梦一样。在同学们的反复催促下，她说了一声好。

话音刚落，实训室里一片欢呼，小鱼老师脸色绯红，嘴巴一张一合，好像在和阿衣莫说些什么，可她一个字都没有听清楚。

“对方下单了，付款了，我们可以寄货了。”谭少云在后台看到了下单信息。他的大喊给这场狂欢又加了一把火。

小鱼老师试了很多次，希望大家安静下来。

“我们团队的目标不仅仅是挣钱。”她的声音在实训室里连一点水花都算不上。

——“有点蓝”发财了。

——阿衣莫绣的一块布能卖六千多块钱。

夜自习上课前，消息就开始飞传，阿衣莫成了大家讨论的话题主角。

有人在阿衣莫吃饭时主动询问她，这笔钱打算怎么花?

“这不是我一个人的，是我们大家的。听老师的安排!”

“切，你这话太假了，太虚伪。”问话的同学显然没得到想要的答案。

旁边的刘国琴和赤木则看不下去，出言驱赶，看热闹的人才散去。

可是没过多久又有新一波的同学围了上来。包括“有点蓝”团队里的伙伴，他们直接开口问阿衣莫，这钱准备怎么分。

谭少云笑呵呵地跟他们细数自己的功劳。日常店铺运营是他和沈斌负责的，袁馨秋只是打打字回答几个小问题，没出什么力。

“这次亏得我们反应机敏，不然就错过了。这功劳肯定比负责染布的那几个要高，你可得论功行赏呀!”

阿衣莫没有听出来这句话背后的意思。

刘国琴把阿衣莫往自己身后拉了拉：“谭少云，你瞎说什么话！人家买家看中的是这幅作品的艺术价值，而且还是大型展览的入展作品。这也是你的功劳？你们和买家的聊天记录都在那儿摆着呢。”

刘国琴觉得，如果硬要算，袁馨秋的功劳还更大些呢。因为红红的太阳来自袁馨秋的失误。

说到《无边岛》的艺术价值，确实充满了各种阴差阳错。蓝布来自手工蓝染，刺绣源于彝绣基础上的新技法新设计，图案又是电影里的经典画面，最难得的是那个红红的太阳。红茶的茶渍无意间完成了“茶染”的步骤。

这些巧合凑在一起，才有了它的独特性。

“走走走，都走开，我们要回教室了。”刘国琴她们拉着阿衣莫离开人群。

江南初冬的气候令人很难适应。湿冷的空气把被子弄得潮潮的，到了后半夜被窝里也冷。校园里的树木裹上了防冻涂料。阿衣莫叹了口气，毫不犹豫给自己洗了一把冷水脸。

“有点蓝”团队临时开了一个紧急会议。大鱼老师和小鱼老师都来了。会议时间只有四十分钟，他们要赶在寝室熄灯前结束。小鱼老师让大家说说自己的想法。同学们你看看我，我看看你，谁都没有先说话。

“现在怎么不吭声了，刚刚不是一个个很能说嘛！”刘国琴的怒气压抑很久了，说闲话的不止外人，团队里也有人在对阿衣莫冷嘲热讽，“现在老师们都在，你们可以讲了！”

刘国琴说完，依旧没人发言。正当她站起来准备继续开火的时候，小鱼老师示意她坐下。

老师们很清楚同学们最关心的有两点，一个是这笔钱如何分配，是独属于阿衣莫，还是大家都有份。

另一个是如何平息现在学校里的舆论风波，“有点蓝”下一步要做些什么。

“今天我们不按照什么九花组的规矩了。我和大鱼老师先说，说完后你们再发表意见。”小鱼老师神情严肃。

阿衣莫感觉头皮很痒，明明昨天刚刚洗过头。看着严肃的老师们，扫过神情紧张的同学们，她有一种做梦的感觉。自那个深夜被叫醒，奔赴飞往凉山的飞机，到现在她总觉得一切都是那么的不真实。平淡无奇是对她的过去最好的概括。可是现在她好像成了舞台上的重要角色，动不动要登台，展示一下自己。

这次紧急会议确定了三点共识。

第一，团队的收益由团队成员共享，但是按照贡献大小和劳动态度进行分配。

第二，“有点蓝”团队与布艺社完全合并，人员要重新整合。下一步将上报学校审核，计划将社团改名为“有点蓝”布艺社。

第三，努力创作新的作品，努力打开新的销路，努力形成新的品牌。

至于这一次的六千六百元收入，一半归阿衣莫，其他的再分给大家。

“具体的分配制度我们近期要出个方案，总之就一个原则，多劳多得，少劳少得。”大鱼老师定下了基调。

“我同意。”袁馨秋罕见地第一个站出来表态，“阿衣莫应该拿这些。”

她们没有注意到彼此之间的那堵冰墙，太久没有浇冰水加固，现在已经破了好几个洞。透过洞，稍稍张望就能看到对方的心事。

第十八章

支离破碎

袁倔驴：

知道自己是倔驴，说明还有自知之明。

驴，你书看得怎么样了？

驴，你吃草了没？

驴，你能不能不要这么倔了，改得掉吗？改不掉的话，干脆把你做成驴肉火烧吧。

我第二次问你了，我会参加在西安举办的展览，你来不来！

驴的聪明的伙伴

《无边岛》带来的这笔钱对阿衣莫来讲，确实是巨款，但更多的是信心。自从作品照片陆陆续续上传至《布作记》，现在“有点蓝”团队在这个平台的粉丝数量超过了一千人。货品的销售量也在节节攀升。

大鱼老师和小鱼老师商量，要拍摄一些教程传上去，吸引更多的手工艺爱好者。除了绣好的布艺品，还可以卖一些准备好的材料包。把绣制某一幅作品需要用到的图纸、针线统统都放进去。这样只要把材料包买回家，大家就可以自己动手绣制相应的作品。

就在这个节骨眼上，学校领导突然到访布艺工作室，他们表情严肃地将大鱼老师和小鱼老师叫了出去，同时有几个从没见过的陌生老师走进屋子维持秩序，叫大家坐在座位上，停下手上的其他事情。他们手里拿着花名册，挨个点名，然后抽选一部分同学到行政楼的三号会议室单独谈话。

阿衣莫也被抽中了。

会议室里空荡荡的，只有三把椅子，桌子上放了一杯温开水。

“阿衣莫同学，不要紧张，我们是区教育局的工作人员，今天过来是有几个问题要和你核实一下。”

这句话听完，阿衣莫比原先更紧张了。

能说说平时你们在布艺社的学习和生活吗？如何评价两位指导老师？你们的作品销售得如何？销售所得是如何进行分配的？你一共分到了多少钱？

问题一个接着一个，阿衣莫不敢有丝毫隐瞒。她想不通布艺社有什么样的事情会闹出这么大的动静，怎么会有教育局的老师过来。

“好的，谢谢你的配合，你可以先回去了。”

走出会议室后，她折返工作室。但门口又站着一个老师，叫她明天再来，里面还有同学在等待谈话，现在不要去打扰他们。

阿衣莫点点头。

所有谈话都结束后，学校临时锁上了工作室的门。由于临近高一学业水平考试和期末考试，社团活动暂停一周。

坐在教室里，阿衣莫觉得似乎一直有一股微弱的电流在刺激着自己的身体，她不停调整坐姿，怎么坐都不舒服。身后的袁馨秋和她的状态也差不多。刘国琴她们一直在打听布艺社究竟是哪里做得不好，接下去会有怎样的命运。

阿衣莫没想到三天后竟然等到了一个晴天霹雳：两位指导老师必须退出“有点蓝”团队。

这个通知一出来，社团里一片哗然。学校接到举报，有人反映大鱼老师和小鱼老师利用指导学生布艺社的机会，在从事营利性商业活动。

虽然经过调查，她们并无违规举措，但是毕竟是学生创业社团，学校研究后决定两位指导老师不再直接参与后续“有点蓝”项目的经营活动。

同学们不乐意，气得嚷嚷着要找校长理论。

刘国琴第一个跳出来，组织大家去校长办公室门口喊冤。

“别干傻事！”

大鱼老师和小鱼老师拦住了他们。

小鱼老师本想告诉阿衣莫另一个消息，可看到她忧心忡忡的样子，她打消了这个念头。

这次被举报的可不止两位老师，阿衣莫他们也在被举报的行列。有同学认为“有点蓝”团队充满着各种不合理。针线、染料和坯布的采购用的都是学校的钱，绣品卖掉后的收益却是他们自己的。

这是一种贪污腐败——举报信的末尾这样写道。

阿衣莫怎么都想不通。她怀疑是那个新九花组在作祟，跑去找袁馨秋。

“乱举报的事情是你们干的吧。”阿衣莫问。她站在袁馨秋桌子旁边，用指关节叩叩桌面，咚咚，咚咚咚。

“什么你们？干了什么？”袁馨秋不明白阿衣莫什么意思，但是气势上不能输。

“不是你们九花组举报的吗？不然还有谁对我们布艺社怀恨在心……”

“你每天是在做梦吗？”袁馨秋有些哭笑不得。

最近阿衣莫的记性确实不好。上次袁馨秋被叶芊芊他们围攻，还是她帮忙解的围。如果袁馨秋和他们是一伙的，场面不至于弄得如此难堪。

“上次的事情，多亏了你。但是我希望你记住，我和那个所谓的新九花组没有半毛钱关系。”袁馨秋的语气平缓多了。叶芊芊他们已经背了个大处分，升旗仪式的时候宣布过了，叶芊芊作为代表还当众读了检讨书。

“这些你不会也忘了吧？”

阿衣莫看了看左右没有人，轻轻点头。

袁馨秋把她拉出教室，说出了自己的猜测。举报的人不一定是她们认识的人，很可能只是眼红布艺社取得的累累硕果。这个事情无从查起，也没必要查。

袁馨秋说，按照规定老师们算公职人员，有很多纪律规定必须遵守。而社团是学生社团，涉及人财物，如果和老师个人牵扯太深，确实很难说清楚。

尤其是“有点蓝”布艺社和其他社团不同，有很多对外的交流活动、展览比赛，最重要的是还有资金上的收入和支出。理论上学生是社团的主体，涉及资金和销售这一类事情，还是学生自己操作最合适。

“其实即便没有这次举报，我们之前的很多行为也是需要改正的。毕竟这个和法律一样，既要实体正义，又要程序正义。哦，简单地说就是要规范，让别人说不了闲话。”她很满意自己的这一番话，那两个法律术语用得很恰当。

阿衣莫对袁馨秋的话有些半信半疑。

“不好意思，刚刚错怪你了。”阿衣莫说。

“没事。我也没想到你的记性竟然这么差。”袁馨秋说。

“这段时间发生的事情太多了。”阿衣莫又说了一句抱歉。

期末考试前一天，“有点蓝”布艺社召开了本学期最后一次社团会议。会议上老师宣布了学校的新决定，两位指导老师今后不再参与团队的直接管理，只提供技术上的必要指导。自下学期开始，“有点蓝”社团的创业经营活动由团队成员自负盈亏，包括购买染料、针线、坯布等。

宣布完这两项决定，工作室里鸦雀无声。尽管做了心理准备，但亲耳听到这些内容，心脏似乎还是有些下坠感。

接下来同学们按计划选举产生了社团的社长和副社长。按照票数自高到低，担任社长的是刘国琴，副社长是阿衣莫和谭少云。

选举环节结束后，大鱼老师和小鱼老师轮流发言。她们回顾了这半年来的点点滴滴，表达了自己的感谢和对同学们的赞许。

“今后遇到困难了，还是可以来找我们。我们也等待着大家的好消息!”大鱼老师今天说了很久很久，她的话第一次多过了小鱼老师。

小鱼老师还是有些不放心，她重新给同学们分了组，要求大家今后牢牢团结在一起，好比针、线、布，缺一不可。

会议结束后，小鱼老师单独把三位社长和副社长叫到一旁，嘱咐道："以后社团的财务要公开透明。你们要定期把卖了多少货，支出多少，贴出来告诉大家。"

阿衣莫频频说好，开始记笔记，生怕漏掉一个细节。

漫长而啰唆的嘱咐结束后，小鱼老师最后又叫阿衣莫留下，她的嘴唇旁边可以看到薄薄的白沫。

"期末考试后，就放假了，别贪玩哟。"小鱼老师嘱咐道。

"您放心，我不会玩物丧志。"阿衣莫回答。

期末考试结束后，阿衣莫额外从工作室拿了一些针线和蓝布回家，打算研究新图案新作品。

这次去机场的路上碰上了下雨天。雨水吸附在中巴车的玻璃车窗上。车速越来越快，看不清前面的路，可司机师傅好像很自信，也许他很熟悉这段路的路况。

大风中展翅的几只小鸟，迎着风，飞得很慢很慢，扑扇翅膀，雨快要把它们浇透了。阿衣莫眯上眼睛，隔着玻璃，张开手掌，这样仿佛能握紧它们。

几个月未见，妈妈又瘦了，阿衣莫连忙放下书包，接过妈妈手里的家务。妈妈摆手叫她去休息。

"新房去过了吗？"妈妈问。

"没有，我是直接回的这里。"阿衣莫回答。她还不知道新房的具体地址。

“那里又修了一条大路。”妈妈突然抛出一句话，“春节去新房过吧。”

阿衣莫瞪大眼睛，不知道这是玩笑还是试探。

“你弟弟妹妹都想去那里。”妈妈说，“过两天就一起去吧。”见阿衣莫沉默，她又说了一遍。

弟弟胖了，妹妹的辫子长了。一见面他们就缠着阿衣莫询问上学的地方好不好玩，那里吃得怎么样，住得怎么样，见过大海了吗。上次回来姐弟仨没有好好说过话。弟弟告诉阿衣莫，屋后头的羊都已经卖完了，今年没有再养猪。

绵延起伏的山峰下，砖瓦房鳞次栉比地排列着，房前屋后粉刷一新的文化墙让人眼前一亮。阿衣莫第一次看到新房，之前只是在视频里见过。爸爸出事后，新房仿佛成了禁忌之词，她不敢再随意提起。

新房位于三楼，站在阳台上可以看到两百米外有一个圆形的新造的文化广场。居民三三两两地过来，带着移动式音响，准备跳广场舞。小朋友们在吹泡泡，五颜六色的泡泡中他们互相追逐。一切都是生机盎然的气象。

安顿好后，妈妈叫阿衣莫带弟弟妹妹去逛一逛。他们先去了超市，看了一遍琳琅满目的商品，最后每个人买了一小包辣条。再去了广场，北面有几间传统建筑，有着深灰色的斜坡屋面、泥土色的仿土墙，窗框的边沿是红黄黑组成的几何图案，墙裙是猎犬变形而组成的黑底红纹图案。阿衣莫突然觉得这些图案可以放到自己的刺绣作品里，认真拍了照。

“这是什么？”弟弟问。

“里面是博物馆，陈列着我们过去的那些事情。”阿衣莫解释。

过去的事情永远不能忘记。就像村庄、山头、老房、田地、山路、父亲所有的一切都在记忆里，只是不想时时刻刻提起。

新房往北有一条小河，冬天水流很小。河两岸有一圈漂亮的塑胶跑道，错落有致地铺展开来，掩映在竹树下与田地间。

新房明亮而整洁，再也没有烟熏火燎的痕迹，妈妈看着煤气灶愣了很久。阿衣莫没有去催她，她和弟弟妹妹分好工，开始打扫室内卫生。

“我当过卫生委员，你们听我来安排。”阿衣莫说。

打扫到一半，弟弟问：“大海是什么样子？”

“无边无际。”阿衣莫回答。

“海水是什么味道？”妹妹也有很多问题。

阿衣莫叫他们去卫生间拿脸盆，往里面装满水，轻轻地，慢慢地，深深地，把脑袋放进水里。

“这样就能感受到大海了吗？”弟弟问。

“海水是咸的，自来水是淡水。”妹妹觉得不对。

阿衣莫发现弟弟妹妹真的长大了。

“那往水里加点盐就好了。”阿衣莫叫他们先把头浸进去，她去厨房取盐。等弟弟妹妹把头浸入水里后，她拿着盐罐子折返他们身旁。脸盆旁边那些溢出来的水一会儿正好能用来拖地。

除夕那晚，妈妈坐在阿衣莫旁边，看春节联欢晚会。电视机还没装好，她们是用手机看的。担心流量不够，阿衣莫选择了最低的清晰度。

“我梦到你爸爸了，他说新屋位置好，不会遇灾。而且你弟弟妹妹念书方便点。”妈妈的语气很平静，“你不会怪我吧。”

阿衣莫没有回头看妈妈的眼睛。她坚持盯着手机屏幕，说不会，说不可能。

放假回来的这些日子，阿衣莫没有闲着。除了做寒假作业，手头就一直在绣新作品。妈妈给她推荐了村里的一个培训班，她们在教传统彝绣，叫她可以去跟着一起学学。

阿衣莫推托自己胆小怕生，拉着妈妈一起去，想让妈妈试着接触新环境。

第十九章
临危担责

阿夜莫：

展览我就不来了。我又回到19160青少年权益援助中心做志愿者了，现在工作强度变大了，每周要值两天班。而且我又开始复习了，实在走不开！

这次你绣的是什么内容，后来想的是什么主题，期待你的好消息。

我爸爸妈妈来了一趟学校。我趴在妈妈大腿上，她以为我睡着了，其实我一直偷偷看她，还小声唱了一首歌。这种感觉太好了，哈哈哈哈哈。对了，她还给我梳了辫子。

等以后当面跟你说这些。这次助听器叔叔也来了，他很喜欢看书，我陪他去书城买了一套《明朝那些事儿》。

还发生了很多事情。大家好像都长大了。

袁馨秋

历经一个寒假，重新踏上远行的旅途，阿衣莫感觉一切都是新的。

到学校后，她第一时间赶去布艺工作室看看。工作室的门没有打开，透过门上的玻璃窗朝里面张望，除了添了些灰尘，一切似乎没有变化。

教室里个别同学还在恶补寒假作业。袁馨秋的座位空着，刘国琴还在寝室归置行李，阿衣莫扫了一眼教室里其他空座位，想起许久未联系的夏雪儿。

这学期刚开学就有全校性的大型活动，一年一度的学校技能节即将举办。这是一场全员参与的校级技能比赛。旅游2班需要参加服务礼仪、导游讲解两个项目，和其他旅游班的同学同场竞技。比赛结束后，各个班级之间还要进行排名。

受到比赛的影响，“有点蓝”布艺社新学期的第一次社团会议一推再推。社会活动课上，布艺工作室里也没多少人，好多人即便在，嘴巴也一直在聊天，总是一副心不在焉的样子。

过去大鱼老师和小鱼老师经常在工作室里，所以他们都比较收敛。现在老师们不在，他们彻底放飞了自我。工作室里的货架空旷了很多，同学们完成的新作品越来越少，多出很多喝了一半的矿泉水瓶。个别矿泉水只喝了一口就被丢在了那里。李付进和赤木则在工作室里吃干脆面和薯片，碎末散落在地上、桌上。

刘国琴说了很多遍要注意社团规定，可是他们就是不听。

“也许是大家最近都在忙着准备技能节的比赛，压力太大，太忙了。等结束后应该会好一些。”

“万一他们得寸进尺呢?”阿衣莫看不下去，只能安慰刘国琴，作为新社长，管理社团肯定会有一个慢慢改善的过程。

没想到等技能节结束后，个别同学的迟到早退愈演愈烈。

除了社长、副社长三人，社团会议实到人数只占应到人数的一半。

谭少云脾气比较急，开会的时候直接把所有没到的人点名批评了一遍。

可是这么做依旧无济于事。谭少云忧心忡忡地告诉阿衣莫和刘国琴，照现在这个效率和速度，用不了二十天，“有点蓝”的网络店铺就彻底没货供应了。

“如果顾客迟迟买不到心仪的产品，他们就会去找替代品。这样前面做的那些努力，可能到时候就都白白浪费了。”谭少云很清楚网络热点和粉丝关注的热点具有时效性，错过了某个时间点可能就会功亏一篑。

“不要慌，没什么大不了的!”阿衣莫顺势说出了这句话。

以前她只在心里自我暗示。下一步该做些什么，他们不敢去麻烦小鱼老师。小鱼老师这学期工作有变动，她要参加一个省里面的教学能力比赛，这对她个人以及学校来说都很重要。

“这帮人该怎么管呢？总不能‘有点蓝’这个牌子刚到我们手上，结果就臭了吧。”

刘国琴和谭少云始终没法统一意见。刘国琴和同学们关系都比较好，她坚持要动之以情，晓之以理。谭少云觉得要抓几个态度极不认真的，狠狠处罚，必要的时候可以让他们离开社团。

“你们先别吵，我们首先要团结一致。”阿衣莫说。

仿佛又回到了当初当卫生委员的时候，阿衣莫恨不得自己不睡觉，把所有的任务都搞定。她突然想到可以去请教一个局外人——夏雪儿。

她应该很擅长处理这种难事。周六上午，阿衣莫在QQ上给她留了言。

过了足足四个小时，夏雪儿回复了她。

“我最近还好。只是不能下床，或躺或坐，时间久了不难受。”夏雪儿还在住院治疗。

“方便打电话吗？”阿衣莫问。

很快一个QQ语音电话打了过来。

夏雪儿的声音听上去还是那样充满力量。听完阿衣莫简单的情况说明，她给出了自己的建议：

首先要以身作则。对别人要求六十分，自己先要做到八十分。夏雪儿拿自己举例，她现在吃不了辣的和特别甜的，家里人现在也刻意避开这些口味。甚至最爱吃烧烤的爸爸，这几个月一次烧烤摊都没去过，一瓶啤酒都没碰过。身上的烟味也闻不到了。

其次要奖罚分明。这一点是最重要的，要严格按照规章制度执行，才能够让大家心服口服。一旦规则被打破，个人的威信也没了，那就更难服众了。夏雪儿聊起以前在学生会时发生的点点滴滴。

“当然这也要讲究适度，特殊情况得变通。我其实也有点后悔，当时和很多同学都刻意保持距离。现在回头想想，不应该这样。比他们大人还像大人，有个成语叫什么来着?”

阿衣莫回答不出。她看看手机上的通话时长。

“你疼吗?”

“对，是邯郸学步。”夏雪儿终于想起来了。

“是不是很难受?”阿衣莫又问。

“睡不着觉，会被疼醒。”手机对面沉默片刻，“没事，没什么可以打倒我的。只是等我病好了再回学校，我只能从高一开始读了。”

“那你该叫我学姐了，对不对?”阿衣莫问。

“都这时候了，你还想占我便宜!”

通话即将结束前，夏雪儿提出一个请求，可不可以送她一件“有点蓝”布艺社的作品。阿衣莫愣了愣，连声答应。

“没问题，我把我绣得比较好的送你。然后再来几个材料包，你可以按照里面的图纸自己动动手。”

“谢谢，睡不着正好干这个——”

眼泪是挂掉电话后涌出来的。

阿衣莫没有耽搁，她把夏雪儿提供的建议分享给刘国琴和谭少云。现在要下定决心了。

第一步，社团里要建立“红黑榜”，把表现好的同学列入红榜，表现不佳的同学放进黑榜。每一星期更新一次，有同学若累计三次上黑榜，则要退出社团。上红榜的同学可以优先参与校外的活动，参与校内的评奖。

第二步，对三个社长做出约束。没有特殊理由，三个社长需要参加每一次的社团活动，如果违反相关规定，则加倍处罚。

第三步……

阿衣莫把这些举措摘抄在工作室最前面的黑板上。措施最下方还特地画了两条横线，如果有意见可以填上去。

过了一晚上，横线上多出了十多个字迹不同的“同意”。

临近植树节，班级里要重新做环境美化。书架顶端原先放着的那幅黑色的刻着猛虎的版画，被收走了，替换成了阿衣莫和刘国琴绣的两件布艺品。一件是绣着鸟兽的眼镜套，另一件是一朵蓝布白线花，造型是玫瑰花的样式。

阿衣莫盯着书架上自己做的眼睛套，有点恍惚，好像不成为猛虎也可以，做擅长的事情，扮演最合适的角色，也能够被所有人看到。

墙壁上也有了新的变化。多了一张立体的中国地图，多了关于礼仪仪态的示意图。另外一面的墙上，贴了一张大大的海报，上面印着去年明州职高通过职教高考，考上本科院校的四十多位优秀毕业生的照片。

班主任郑老师把阿衣莫单独叫到办公室，想和她好好聊聊接下来的规划。

“上学期期末考试的成绩不太理想，最近的几次专业课模拟测试也是一次比一次差，分析过原因吗？”郑老师的口气和大鱼老师很像。

阿衣莫不敢保持沉默：“可能是基础不够好。”

“我觉得是精力的问题。”郑老师心里其实替她归纳出了原因。

那为什么还要问我呢？阿衣莫的脚趾轻轻挠地。

郑老师继续说：“阿衣莫，你打算考大学吗？”

“当然。”

“现在的成绩肯定不行。”郑老师说，虽然在传统观念里职高生毕业后很多是直接去工作，但是现在参加职教高考升学才是主赛道。

这些话阿衣莫听过好几遍了。几乎每到班会课，郑老师都会旁敲侧击地讲一次。之前她很喜欢郑老师，把她的话奉若圣旨，后来发现还是小鱼老师更让人亲近些。

“我跟你们说过吧。职教高考相当于一次弯道超车的机会。你看去年电商专业的同学拿了这个专业的全省状元。我们旅游专业也考进了足足十一个。”郑老师认为阿衣莫要把目标定得高一些，“你起码要上一所优质的高职院校。”

阿衣莫点点头，一下两下……再来一下。

她知道郑老师是为了她好。

说了足足十分钟，郑老师终于把话题切换到阿衣莫下一步应该怎么做的问题上。

“对，你们布艺社的社团活动我一直评价很高，之前在朋友圈里也买了你们的产品。包括你去参加展览，我也全力支持。但是现在它占用你太多时间了，你毕竟还是个学生，学习才是主责主业。你别嫌我唠叨！”

在郑老师的轮番轰炸下，阿衣莫渐渐松了口。

郑老师提出了一个看似两全其美的办法。阿衣莫只做那些用于比赛和高端定制的产品，那些普通的交给其他人去完成。

“那他们不需要学习吗？”

“你们可以多培养一些能手，任务大家一分担，就会轻不少。”

平心而论，郑老师的建议是有道理的。阿衣莫想起来，这也是小鱼老师当初跟她讲过的规划。但是想要实现它，难度有些大。

阿衣莫他们采取的新举措让“有点蓝”布艺社恢复了往日的一些朝气。可是和上学期相比，势头有些衰退。

这学期的学业压力大了不少，有些社员收到了专业课老师的邀请，希望他们参加专业课程的集训队。高二时可以备战市级、省级乃至全国职业院校技能大赛。

谭少云就收到了邀请，他犹豫了五分钟拒绝了。个别人提出了退社申请，好在大部分同学还在坚持。

大家全神贯注投入到新的备战。下星期他们要完成一场大规模的培训活动，地点是区职工服务中心，这次主办方希望以体验为主，由学生们来一对多进行分组指导。下个月还有一个省青少年非遗手工技能大赛，除去负责店铺运营和宣传的同学，其他人全员参加。

这两个大活动的筹备工作将“有点蓝”团队成员凝聚在了一起。刘国琴对大家做了详细的分工安排。

袁馨秋如愿以偿，被安排负责培训活动的前期筹备，包括报名人员的统计和沟通。她在公众号的后台可以看到所有报名的学员姓名和电话。

谭少云负责制作PPT和海报。他像平常一样，浏览店铺的运营数据，可是界面上一个“同城优选”推送引起了他的注意。他看到了熟悉的蓝布白线构成的刺绣作品，是另一家网店在销售。

他又用识图搜索的方式找出许多这样的店铺，光本市就有三家。其成立时间都比“有点蓝”要晚。从产品的样式和定价来看，大多也是手工，价格比“有点蓝”便宜，制作不如“有点蓝”精细。有一家销量很不错，叫“兰奇草木”，数据正在缓慢上升，有逐渐火爆的趋势。

“他们怎么都去平台上卖货了！而且卖得还比我们便宜。”

“这算不算剽窃我们的创意？”

谭少云还发现《布作记》APP里也出现了很多模仿者。消息从电商实训室传回布艺工作室，同学们彻底炸开了锅。

大家觉得是培训的问题，开展了这么多次志愿服务活动，一方面打响了“有点蓝”的品牌，但是另一方面也给很多有心人提供了模仿、借鉴的机会。

“我们‘有点蓝’不是申请过商标的吗？”有同学嚷嚷着要讨一个公道。

大家你一言我一语，群情激愤。这时袁馨秋的话给所有人泼了一盆凉水。

严格意义上他们并没有违法。

“他们没用我们这个品牌，他们只是在模仿。蓝染加刺绣其实是传统文化的一种演变，也不算我们独有的专利。”袁馨秋解释。

谭少云听完，把怨气直接撒在袁馨秋身上："所以我们就拿他们没办法？你每天在电商实训室偷偷学法律，我看也没看出什么名堂嘛？"

"难道法律是你定的，你想怎么样就怎么样？"袁馨秋毫不客气地反击。

谭少云哑口无言。

"培训是没问题的，志愿服务的本质就是帮助别人。被模仿和搞志愿服务之间没有必然的关联。"阿衣莫的态度非常明确。

伴随渐变的天色，激烈的争吵渐渐消停，恢复平静。刘国琴不停安慰社员们，耐心做好自己的事情，别让外界因素影响自己。

没过几天，那一家同类店铺"兰奇草木"又降低了价格，还开启了满减优惠的活动，消费满一百二十元直接减免二十元。其销量一下子暴涨，登上了网购平台的首页推荐榜。

谭少云看到这些后，决定放弃了，根本没办法和对方匹敌。

"我想退出了。没有老师帮忙，光靠我们是不行的。而且他们在运营上明显更专业。我们连营销经费都没有，广告打不起，流量买不起。"

谭少云问刘国琴和阿衣莫，可不可以压低价格，或者是增加些资金投入。他找平台做些广告推广。阿衣莫愿意把之前《无边岛》带给她的收入全部拿出来给社团用。她都存起来了，一分钱都没用。

“这不够的。”谭少云说。

至于降价也很难做到，现在社团是自负盈亏，货品价格低了，要是赔钱的话没办法向社员们交代。

“我们都是学生，本来就是课余时间在绣，哪里能像他们那样白天黑夜都绣，把这作为一种职业呢。”刘国琴作为社长也不自觉乱了阵脚。

阿衣莫有些着急，想制止他们。他们的交谈丝毫没有顾及周围的其他同学。大家你一言我一语，又一次吵翻了天。人心渐渐涣散。

只隔了一天，副社长谭少云提出辞职。小鱼老师在杭州出差，他给小鱼老师QQ留了言，又跟学校团委报备了信息，填了一张社团退出申请表。退出后他选择加入了专业课集训队，备战下学期的电商综合能力赛项。

有了谭少云的示范，其他同学没了最先的顾虑，“有点蓝”布艺社又一次遇到了退出潮。

他们从货架上取走了自己绣好的作品，拿走了染好还没来得及绣图案的蓝布，只剩下一些白布和几块还没晾干的蓝布。

“有点蓝”布艺社进入了人数最少的低谷期。

刘国琴一下子没了主意。在寝室里漱口时把漱口水一不小心咽了下去。上网一查漱口水含有许多刺激成分，可能刺激胃肠道黏膜，引起肠胃不适。她又担心得一晚上没睡好。

赤木则和李付进是在刘国琴的苦苦劝说下才决定留下来的。染布小组还剩下两个女生。她们是社团里的老社员。店铺运营组只剩下袁馨秋一个人。这样算上阿衣莫和刘国琴总共是七个人。

“培训得继续开展吧。”袁馨秋不在意他们的销量和品牌。她只关注自己负责的这次培训会。后台的报名数据出来了，父母的名字都在里面。

“要稍微推迟一下。”刘国琴说。作为社长她害怕砸了社团的招牌。这次是体验活动，需要分组辅导，志愿者人数明显不够。

袁馨秋觉得没关系：“你们几个在就好了。环节很简单呀，先是主持人介绍，然后阿衣莫上台整体演示一下关键步骤，最后是分组体验。”

货架最底下一层还有不少针线和原材料。而其他物料主办方那边会提供。

怎么就不行了呢？

“袁馨秋，你先等等，我们商量一下后决定。”阿衣莫想缓解气氛。

“行行行，你们是社长。我的社长大人们，你们再不弄，社团都要没了！”

“可是也不能随随便便瞎搞吧。让别人夸好很难，要是坏名声很快的！”刘国琴辩解。

“那你等着就会有办法了？”

“都少说两句。”

袁馨秋到现在还坚守在社团里，这让阿衣莫十分感动。大脑灵光乍现，她想到了一个救急的办法。谭少云说得没错，这项技艺的门槛不高，上手很快，所以除了竞争对手之外，那些勤奋的老学员大多也掌握了基础方法。她的眼前似乎闪过章鱼阿姨的影子。

“袁馨秋你去查一下报名信息，这次有没有一位姓章的女士。帮我看看她的电话号码是多少。我想马上联系她！”

“你是想……”袁馨秋马上明白了阿衣莫的想法，“这可行吗？会不会太冒险？”

事到如今没有更好的办法了。

“把尔古日木也叫上。他力气大，能搬东西。”阿衣莫决定死马当活马医，“班级里的你们的好朋友也可以叫上去帮忙。不要担心被拒绝，现在豁出去了！”她的沉稳让六神无主的刘国琴稍稍平复了心情。

“还能请谁？请班长林波？还是请那个自作聪明的叶芊芊？”

“都试试吧。也不是坏人，虽然有过矛盾，好歹是同学。”阿衣莫决定放下成见，先把事情办完。

林波答应帮忙，可以在班里发动同学们当志愿者。叶芊芊没有接袁馨秋的语音电话。过了很久回了一条QQ消息：我们还是君子之交淡如水吧，以前的恩怨一笔勾销。

“她最近开始看武侠小说了？怎么说话这个味儿。”袁馨秋哭笑不得，想叫叶芊芊帮忙的话怎么也说不出口。

在杭州出差的小鱼老师听说了社团里的变故，发来了信息，询问他们下一步的计划。创意容易被借鉴，特色容易被模仿，这个问题大鱼老师和小鱼老师都忽略了。她们毕竟也是第一次尝试把学生社团推向社会。

“我们想先把培训和比赛应付过去。长远的现在没心思想。”阿衣莫回复道。

这样也好。小鱼老师说完，隔了几分钟又发来很长的一段安慰她的语音。

冷寂的月光穿过树干，已经到了熄灯的时间，阿衣莫没回寝室，躲在教学楼厕所里拨通了章鱼阿姨的电话。

袁馨秋也没回去。她留在厕所门口望风。针对等会儿宿管阿姨的怒火，她们做好了充分的心理准备。

第二十章

另辟蹊径

阿衣莫：

你怎么还没回信，很奇怪！第一次遇到这种情况。

这么久了，是不是快递物流出问题了？上一封我寄的你是不是没收到？

单号是ZH312237469836135，你可以去代收点问问。

盼回，从速。

袁馨秋

区职工服务中心为这次培训体验做了充分的准备。从场地布置到海报展板，再到话筒桌椅，全部安排妥当。主持人特地询问了今天所有参加志愿服务的同学们的名单，一会儿在活动结束后想当场点名表示感谢。

“我们还有八位志愿者不是学生，是……爱好者，能一起表扬吗？”阿衣莫说。

“当然可以。”主持人说。

阿衣莫把章鱼阿姨她们的名字记在一张便利贴上，交给了她。

章鱼阿姨她们来得很早，还给阿衣莫她们带了早点。活动开始前，章鱼阿姨戴上老花镜，拿着一本笔记本，小心核对着之前培训时摘抄的那些要点，确保没有纰漏。

“来来来，让一让——”叶芊芊跟尔古日木在搬物料，干起活来一点儿也不马虎。阿衣莫和袁馨秋都没料到她会过来帮忙。

叶芊芊给出的解释是，恩怨勾销后就是同学了，都是君子，那就该互帮互助。

那一晚和父亲的谈话让她回味很久。虽然没得到想要的答案，但是她想到了一条团结其他人的办法。那就是多出力，多帮助别人。这样要比“组建”一个组织更实际更有效。

今天没有安排手语老师。报名的学员里只有助听器叔叔和袁馨秋父母三个来自特殊群体。

主持人登台后，袁馨秋也跟在后面一起登上讲台。她穿着一件白衬衣，系上了最顶端的一颗扣子，戴上了口罩。她事先和主持人以及阿衣莫打了招呼，今天的语速尽量放慢。她要试着做一次手语翻译。

站在讲台侧边，望着观众席，袁馨秋死死咬住嘴唇，强迫自己的双手保持平稳。她面朝那三个位置做着手势。泪水模糊视线，紧张的情绪反而降低了。反正也看不清他们的表情，反正她今天的观众只有那三个人。

助听器叔叔和袁馨秋的父母今天坐在最角落，照例戴着帽子和口罩。看到袁馨秋上台的那一瞬间，他们迅速调整姿势，她妈妈伸长脖子，她爸爸拿出手机想拍几张照片。可当他们看到她开始用手语翻译主持人的话时，两个人本能地想站起来，却被一旁的助听器叔叔拦住。

主持人和阿衣莫的发言长达十五分钟。头五分钟，袁馨秋翻译的质量很高，再往后出错的地方不少。

不过没关系，台下的那三位视线也已经模糊。错与对并不重要。

袁馨秋没有看到在阿衣莫发言的时候，会场后面新出现了一张熟悉的面孔。小鱼老师结束出差，过来看看大家的表现。

培训结束后，章鱼阿姨和她的伙伴们专门找到阿衣莫表示感谢，她们欣喜于今天能有这样的机会，见到小鱼老师后，大家聚在一起聊了好一会儿。

说话间阿衣莫提出了一个大胆的想法。

“接下来，可不可以邀请章阿姨你们一起参与我们的社团，主要是校外活动方面。”如果有章鱼阿姨她们的加入，之前小鱼老师和郑老师提出过的构想就能变为现实。普通的刺绣产品交由阿姨们完成，图案的设计、产品销售和售后服务则由社团同学来完成。这样同学们就能节约很多时间和精力，阿姨们也能通过刺绣获得一笔不菲的收入。

小鱼老师频频点头：“这个点子可行。章阿姨你们可以和同学们分成，适当分给他们一些设计和销售的费用，大头都给你们。”

“这哪儿行呀，我看五五分成好了，一半一半，我们年纪大了水平一般，还要靠小老师们指导呢。”章鱼阿姨连连摆手。

“真的不用客气，我们社团的宗旨就是按劳分配，要公平公开。”

这个点子是她和袁馨秋商量出来的。

那天晚上在厕所里和章鱼阿姨通完电话，袁馨秋突然问她一个问题，做这些事情的意义是什么，有怎样的目的。

“我经常追问自己。一开始我的答案是为了心中的公平和正义，不让别人受欺负，所以办了九花组，因为我们正好是九个女生。可后来遇到你，又遇到了很多乱七八糟的事情，我发现我做的事情根本没办法实现我的目的。”袁馨秋把卫生间的灯关了。她希望在黑暗中和阿衣莫对话，这样心里话更容易蹦出来。

“我没什么目的，我只是喜欢这个东西。”阿衣莫说。

袁馨秋说：“所以他们一直在考虑的销量、挣钱这些，对你来说并不重要不是吗？那为什么不让更适合的人做那些事情，你好好去刺绣就好了。”

“现在的问题就是没有合适的人呀！”

“那学校外呢？你们怎么一直考虑校内。”

黑暗确实更容易打开人的心扉。她们说了很多曾经发生的事。其实厕所也是个好地方。“那你为什么还留在社团里？”阿衣莫问。

“我想多看看我父母。也想让他们见见我。谁让他们一直躲着我。”袁馨秋的故事阿衣莫已经知道了一部分。

“让你的爸爸妈妈一起来帮忙好吗？”

“他们肯定不愿意……他们一直害怕拖累我。”

“那现在不正是最好的证明的机会吗？证明他们非但不是拖累，反而是助力。”

袁馨秋醒悟过来，准备直接联系父亲。她切换至通讯录，置顶的第一条就是父亲的电话，可她迟迟不肯按下拨号按钮。

“是不是可以找那个助听器叔叔？他肯定会把消息转告给你爸爸妈妈。”阿衣莫分析，找他帮忙，其实跟找袁馨秋爸爸妈妈帮忙效果是一样的。

这是个好主意。袁馨秋打算等明天再打这个电话，现在这个时间点不适合打扰陌生人。

“不对吧，你应该发短信。电话他没办法接听。”阿衣莫提醒。

“啊——疏忽了。”袁馨秋一连说了好几遍抱歉，不该这么粗心。

“袁馨秋你以后想做什么？”阿衣莫打断她。

“我想当个律师。”袁馨秋家里的案子有了新的进展。派出所和爷爷联系过了，这是一个有预谋有组织的诈骗团伙，他们专挑残障人士动手。通过异地协查，目前团伙的主谋已经被抓捕归案。

袁馨秋专门写了一张卡片，感谢黑猫老师。黑猫老师告诉她如何申请法律援助，考虑到袁馨秋家庭情况比较困难，后面的诉讼可以借助公益力量。

“可能我满脑子都是公平正义吧，总是看不惯那些弱者受欺负的事情。”袁馨秋补充道。

就在这时，一束强烈的手电筒灯光从厕所下方照射进来。门外有巡查的老师呼喊她们开门。她们俩只能乖乖把门打开，接受批评和教育。按规定要扣班级分六分，听到这个数字，阿衣莫仿佛看到了郑老师冰霜般的面庞。

加强夜晚巡查是学校新出的改进措施。上学期末刘校长布置给叶芊芊一个特殊的任务，撰写一份学生意见调研报告。

叶芊芊一共汇总了三百六十多条建议。刘校长把其中有建设性的四十六条都采纳了。加强夜晚巡查便是其中之一。

教学楼一楼开水机旁边新装了一台自助打印机。学校食堂增设了两个风味窗口。还有在学生会内部实行了轮岗制度，每年增加一次招募新成员的机会。

为了避免再出现九花组这样的组织，学校新建了一个由校团委管理的官方QQ号，供同学们匿名反馈意见。还开设了一个校园求助热线电话，供所有遭遇不公平对待和校园欺凌的同学求助。

这次夜谈让她们走得更近了，同时也诞生了两篇不太合格的检讨书。郑老师觉得态度不够诚恳，罚她们重新写过。

翻着厚厚的作文书，袁馨秋本想从中找出一些描写愧疚之心的优美语句，可脑海里却止不住回忆起和助听器叔叔聊的那几条短信。

助听器叔叔四十岁了，还没成家，他把朋友当作家人。

助听器叔叔答应了袁馨秋的请求，会邀请她爸爸妈妈包括其他聋哑朋友经常参加这些培训活动，刺绣对于他们来说也是增加收入的好技法。

袁馨秋问，他们平时有什么爱好，都喜欢什么？

助听器叔叔说，不少，其实和正常人差不多。

袁馨秋问，那……她的父母呢，喜欢什么？

助听器叔叔停滞了很久，回复了一个字，你。

4月29日下午四点，当时好像正在上数学课，阿衣莫数学不好，眼睛一刻也不敢离开黑板。小鱼老师兴奋地冲到教室外面，有些不礼貌地打断了数学老师的讲课，将她喊了出去。

然后她得知自己获得了中国国际纺织品创意设计大赛创意组的评委会推荐奖。

“这是什么意思？几等奖？优秀奖？”阿衣莫问。

她看起来特别平静。教室里一片欢呼雀跃，光听赛事的名称，就已经能够判断出它的分量。

同学们嚷嚷着要搞庆功会，以这为借口请求郑老师破例，让大家带点零食在班级里看电影。郑老师这次答应得很爽快，只是不允许同学们看恐怖片。

庆功会利用班会课的时间隆重召开。班长林波最喜欢这种场合，主动请缨当起了主持人。

“同学们，今天在郑老师的关心关怀下，我们终于迎来了这样一个宝贵的机会。在这里我谨代表班委会向阿衣莫同学表示热烈祝贺，向班里其他参与‘有点蓝’布艺社的同学表示诚挚慰问……也向我们尊敬的郑老师表示发自肺腑的感谢。”

台下掌声一片，嘘声也紧随而至。一节课一共四十分钟，林波的讲话又臭又长。

叶芊芊几次想举手打断他。可看到郑老师站在教室后门，她乖乖坐正了屁股。最近她又变得活跃起来，不过出格的事情没有再触碰。

阿衣莫倒是很认真地听完了林波的讲话。她也很想感谢一直关心她的老师同学。

两个星期后，阿衣莫在小鱼老师的陪同下踏上了南下福建的高铁。

颁奖典礼在酒店的二楼宴会厅举办，舞台上和中间过道都铺着崭新的红地毯，后面的电子屏阿衣莫感觉比教室的面积还要大。她的位置在第三排，桌子上放着一个三角台签，双面印刷着她的姓名。亮闪闪的奖杯，厚厚的一大本证书，她仔细查看里面的文字，红着脸跟小鱼老师道歉。

“对不起，老师，这里怎么没有您的名字。应该把指导老师标出来吧。”

“道歉啥，这是你个人的荣誉。”

阿衣莫说这件作品的完成还要感谢小鱼老师的父亲，麻烦她代为转达。

领完奖，距离返程还有半天的时间，小鱼老师陪她去附近的清源山玩了一趟。这个时间点景区没什么游客。

在茂密的树荫下，青石板路学起分蘖的树枝在不远处分出岔路。在蜿蜒的山路旁，阿衣莫找到几只呆头呆脑的天牛，习习清风中可以分辨出花香。已经是春天了。

小鱼老师想起顾城的一首小诗《无名的小花》：随着季节

的风雨/悄悄地开放在/寂寞的人间……“要是再晚来半个月，这里应该会更好看。”她说。

上山道两侧有好几棵古树。有一棵上面挂着的名牌说已经六百多年了。有人在修剪它的枝叶。不知道六百多年来有多少人修剪过它。

阿衣莫看了好几眼修剪树枝的工人。这是她和他们的第一次见面，也可能是最后一次。匆忙的一眼，让毫无交集的人有了关联，也让其中一方感慨万千。这棵树应该习惯了这种感觉。

她的眼泪止不住往下掉，她想到了父亲，想到了金沙江旁的那条山路，想到弟弟妹妹在妈妈面前多了一份成熟和乖巧，想到妈妈在自己面前不肯表露出真正的悲伤。

她又一次感到肚子剧烈疼痛，弯下了腰。小鱼老师陪她一起蹲着。

半山腰有弘一法师墓，小鱼老师说歌曲《送别》就是他的作品。

阿衣莫流着泪咬着牙，认真祭拜，恍惚间她觉得墓碑上的文字好像活了过来。

淡红色的云锦杜鹃成簇成团地趴在枝头，打着小转儿的雾气是它们最舒服的枕头。远处的太阳似最抢镜的演员，不停变换光线和温度，将地面上这幅一天一个样的山水画烘干、照亮。

从山脚到山顶，大约四十分钟的路程，阿衣莫她们走了足足两个小时。山顶的侧面有一处摩崖石刻，浅色发黄的花岗岩石壁从山顶贯穿而下，发达的节理、墨点般的缝隙让人惊叹于大自然的鬼斧神工。

小鱼老师说：“真该把我家那老爷子带过来看看，他会喜欢的。”

“他如果来，会把这些内容都画进渔民画里吧。”

“应该吧。”

小鱼老师告诉阿衣莫，她也尝试过渔民画，用了许多技巧，可是画得总是不如她父亲自然。

“你觉得‘有点蓝’的成功依靠的是什么？”小鱼老师突然发问。

阿衣莫说不出答案。反正不是天赋、运气这一类的词汇。

直到回去的路上，她突然想到了一个很合适的名词——热爱。

“夏雪儿，你现在还好吗？他们说你在杭州看病，我坐高铁回学校，正好要在杭州转车，可以来看看你吗？”阿衣莫给夏雪儿打了一通QQ语音电话。

“不用了，我现在换地方了，在上海。”

“啊——”

“你能想着我，我就很高兴了。”这次夏雪儿主动和阿衣莫聊了自己的病情。她最近肿瘤压迫神经，视力受到影响，所以没有再给阿衣莫留言，“我现在不怎么能看手机。以后联系的机会会更少。”

“那我写信吧。”阿衣莫说。

“写信好呀，这样还能保存起来，想到你了就能拿出来看看。”

“班级都挺好的，老师同学们也都……都很想你。”

“学生会呢？我的岗位还空着吗？”夏雪儿没等到阿衣莫的回答，“有人接替也挺好的。我其实很难履行这份责任了。”

“你放心——学生会已经在准备换届选举了。”阿衣莫解释，所有的岗位都会重新轮换，优秀的同学可以竞选学生会主席团或部门负责人。她说完后立刻后悔了，讲得有些多了。

“哦。”夏雪儿的声音明显轻了下来。她该睡了，这次电话到这里草草结束。

后来阿衣莫没有食言，一个月一封信。

也是因为夏雪儿，她才开始养成写信的习惯。一直写到了好多年以后，当然这是后话了。

在同学们的帮助下，章鱼阿姨她们的技艺突飞猛进，布艺品的产量提升了一大截，销路、口碑都盘活了。

9月新学期开学的时候，陆陆续续又有新生报名入社，这次选拔人员不再考察同学们的基础如何，而是鼓励大家依托专业优势和个人兴趣慎重考虑。

知道妈妈在残联的帮助下报了扫盲培训班，识字断句已经不成问题了。

这是一场特殊的午宴，大家笑容很多，说话很少。说多了怕袁馨秋忙着做手语翻译，没时间吃菜。

昨晚的梦里袁馨秋又回去了。在梦里好像其他客人也来了，有夏雪儿，有谭少云，有当时九花组其他几个熟面孔。

迷迷糊糊的她翻了个身准备继续睡觉。门口又喊了一遍，有快递请她签收。袁馨秋带着起床气，从上铺爬下来，草草穿了一件外套。

什么快递呀，怎么直接送到寝室门口。难不成是阿衣莫寄来的？

“稍等呀，马上就来。”她冲着门外喊。室友们都出去了，屋子里只剩下她一个人。

打开门，门外的场景吓了她一大跳，莫名其妙出现了两只奇奇怪怪的动物。

她大叫一声，迅速合上了门，揉揉眼睛确定自己不是在做梦。

再一次打开门，门口确实站着一只大青蛙和一个猪八戒。

这一次大青蛙主动走向她。

“别关门了，是我！”阿衣莫穿上了大青蛙的玩偶服，看起来很合身，“那只猪本来要给你穿的，现在在里面的是刘国琴。”

刘国琴也扑上来抱住了她："阿衣莫说你像倔驴，非要给你也买一套驴的外套。"

"哈哈，刘国琴是不是你帮我说服了她。"袁馨秋用自己的鼻子怼猪八戒的大鼻子。

"不是，我同意的。那套衣服还在路上，估计要明后天才到你这里。"

穿着玩偶服相见，和玩偶在聊天，这样就不算违背誓言。

阿衣莫为了今天的相遇做了很多种准备。

她们昨天就来到了袁馨秋所在的学校，问了很多人，打听她的宿舍楼层和房号。最后出示了自己的学生证、身份证，登记了详细信息，楼下的宿管阿姨才放她们进来。

袁馨秋给她们搬了椅子，倒了水，想带她们在学校里走一走。她在信里和阿衣莫说了很多，讲了不少细节。她想领着阿衣莫亲眼去看看。

"你们打算一直穿着这衣服吗？天气很热了。"袁馨秋问。

"少废话！你赶紧加油！我们等你梦想成真的一天——"

"走走走，一会儿我们练习一下怎么戴着头套吃火锅。反正衣服是我们自己买的，弄脏了可以回去洗。"

望望蔚蓝的天空，缥缈的几朵云和地下的万物构成了一幅颜色分明的图案。碧波万顷的湛蓝外围散布着各式各样的景致，有田径场四周五彩缤纷的野花，有奔跑跳跃的矫健身姿，有洁净清澈倒映云彩的景观河。俯瞰整座校园，郁郁生机充盈其中，两个玩偶牵着一个女生，大踏步走在洒满阳光的绿荫道上。这也是一幅绝美的绣布图案。

太阳落山前，她们在附近的海边待了很久。

“对了，难得相遇，我们和章鱼阿姨打个视频电话吧，给你看看‘有点蓝’的新进展。”阿衣莫提议。

章鱼阿姨那头很热闹。去年年底，她和几个合伙人一起租下了三间老平房作为工作室。现在她们团队加起来有三十多个人了，还添了几台专门用来打包产品的机器。

“你们怎么大热天穿着这么厚的衣服？”章鱼阿姨戴着老花镜，看起来似乎年轻了好几岁，“来来来，给你们仨看看，大家都在干活，谁都没有偷懒。”

屋子东西两头各放了两个一米高的小染缸。窗户大开，旁边挂满了新染的蓝布，色泽鲜亮，似乎是今天的新成果。

在视频那头，袁馨秋看到了三个熟悉的身影。爸爸妈妈坐在一起，隔着一个空位，坐着助听器叔叔。

“来来来，小袁呀，跟你爸爸妈妈打个招呼。你等一下呀，我把镜头切换一下……我还不太熟练……咦，对，好了。”

袁馨秋低下头笑了笑，这次眼角干干的。她用力挥了挥手。爸爸妈妈笑得很含蓄，妈妈把手里的绣布展示给她看。他们手边摆着雪白的搪瓷杯，袁馨秋猜是章鱼阿姨给他们泡的茶。以前他们没有喝茶的习惯。有了新朋友，才有了新习惯。

北方的海和南方的不同。海浪的呼吸声似乎更加短促，波浪粗犷有力。坐在海堤上，阿衣莫拿出一副眼罩叫袁馨秋戴起来。她和刘国琴实在忍不了玩偶服带来的闷热，必须要脱了。

袁馨秋虽然离得近，但是来这海边的次数屈指可数。升入大学后好像一下子翻越了一座高山，虽然前面还有重重叠叠数不尽的山影，但胆怯的心情少了几分。

“眼罩我不戴了。我和你背靠背坐吧。”

“我就说吧，你忍不住想见我了。”阿衣莫笑道。

“怎么的，我也想看看海，不行吗?”袁馨秋打死不承认。

刘国琴瞧周围人不多，跑去卫生间调配她独家配方的“花露水味新香水”。

“阿衣莫，你下一幅作品的名称叫什么名字?”袁馨秋问。

“哈哈，叫《我是岛主》，这个名字是不是很土？但是我很喜欢，就它了。”

“喜欢就好了。”

海风呼呼响，她们背贴着背，阿衣莫后背没干的汗液也沾湿了袁馨秋的衣服。不知过了多久，沙滩上渐渐多出一些游客。有一群穿着校服的高中生，三三两两顺着海堤走进沙滩深处。他们在老师的带领下围成一个圈，每个人手里分到了一面彩旗，还有一些彩色水笔。过了一会儿，老师要求每个同学上台展示自己在彩旗上绘制的图案。上面似乎刻画着他们未来的方向。阿衣莫依稀看到有人画了一架飞机，还有人画了一片森林。也许他们在谈论梦想。

“他们在搞研学活动吧。”

“应该是的，有点像在玩真心话大冒险。”

他们时而鼓掌，时而掩面脸红。袁馨秋想起了几年前自己在海边的场景，当时阿衣莫他们在玩水堆沙，而她为了避免尴尬，手捧自己买来的《宪法》和《刑法》。

“我一定会成为律师的，而且是专门保障聋哑人权益的好律师。”袁馨秋突然大声说。

“我相信你！我们都能成为自己想成为的那个自己。”

“哈哈，听起来真像心灵鸡汤。但是还真的蛮好听的。”袁馨秋回过头看了一眼阿衣莫的眼睛。瞬间她想起了什么，猛地站起，害得阿衣莫失去重心，差点从海堤上掉下来。

现在还没到见面的时候。她拿起阿衣莫的玩偶服打算给自己套上。阿衣莫没阻拦，等她套上后，看准后背轻轻踹了她一脚。

刘国琴回来的时候看到沙滩上两个玩偶在玩摔跤，沙粒四处飞扬。她无奈地摇摇头，把调制好的“香水”放在一边。她来到离两个玩偶不远处，想给自己来几张自拍。无意间发现靠近海水的沙滩上写着许许多多的名字。

夏雪儿、赤木则、章鱼、大鱼、小鱼……刘国琴找到了自己的名字，还找到了袁馨秋的。唯独没有阿衣莫的。

她找了很久，终于在浪花间找到了浅浅的痕迹。“有点蓝”三个字还在。再前面只能看到一个“大”字，也许这是半个“莫”，其他的都已经被大海带走了。

也不知道是她们俩中的谁写的这些字。

一道道波浪不断涌来，溅起雪白的泡沫，到了涨潮时分，浪花一点点吞没沙滩上的痕迹。远道而来参加研学活动的同学们开始收拾道具，准备前往下一个目的地。他们望着大海大声呼喊，大步奔跑，踏进浪花，踏过沙垒。

嗯，这可以是一幅绝好的刺绣新作品。